@ 雅典文化

菜韓文

韓語發音&語法入門

안녕하세요 **安妞哈誰呦**

가장 쉬운 한국어 발음 **最簡單的韓國語發音**

不用一週，韓語發音無師自通！
專為國人設計的韓語教材，
40音、尾音、單字、會話、句型、閱讀一次上手！
全書標註羅馬拼音及中文標音，立即開口說韓語
小小一本隨身好攜帶

雅典韓研所
企編

MP3

國家圖書館出版品預行編目資料

菜韓文韓語發音&語法入門 / 雅典韓研所企編
-- 初版. -- 新北市 : 雅典文化, 民107. 10
　　面 ； 公分. -- (全民學韓語 ; 28)
　　ISBN 978-986-96086-9-5(平裝附光碟片)
　　1. 韓語　2. 讀本

803. 28　　　　　　　　　　　　107013696

全民學韓語系列 28

菜韓文韓語發音&語法入門

企編／雅典韓研所
責任編輯／呂欣穎
內文排版／王國卿
封面設計／林鈺恆

法律顧問：方圓法律事務所／涂成樞律師

總經銷：永續圖書有限公司　　CVS代理／美璟文化有限公司
永續圖書線上購物網　　　　　TEL：（02）2723-9968
www.foreverbooks.com.tw　　FAX：（02）2723-9668

出版日／2018年10月

雅典文化

出　22103　新北市汐止區大同路三段194號9樓之1
版　　　TEL　（02）8647-3663
社　　　FAX　（02）8647-3660

菜韓文
韓語發音&語法入門

第四章
韓語基礎會話
한국어 기초회화

第一課

자기소개
自我介紹

第二課

첫 만남
初次見面

第三課

신문이 있어요?
有報紙嗎？

第四課

한국요리가 맛있어요.

韓國菜好吃。

第五課

잠깐만 기다리세요.
請稍等。

菜韓文
韓語發音&語法入門

母音篇

모음

母音介紹

母音位置：母音位於韓文字的「第二音節」，即，子音的右側或下方。

ㅏ	嘴巴自然張開，舌尖向下，嘴唇放鬆，發出類似注音「ㄚ」的音。 母音「ㅏ」位於子音的右側。
ㅑ	母音ㅑ為複合母音，寫法比單母音多了一橫，因此，發音時，先發中文「一」的音，然後迅速接著發出「ㅏ」的音，類似中文「鴨」的音。 母音「ㅑ」位於子音的右側。
ㅓ	嘴巴自然張開，比母音「ㅏ」的嘴形小一點，舌頭稍微抬起，發出類似注音「ㄛ」的音。母音「ㅓ」位於子音的右側。
ㅕ	母音ㅕ為複合母音，寫法比單母音多了一橫，因此，發音時，先發中文「一」的音，然後迅速接著發出「ㅓ」的音，類似中文「唷」的音。 母音「ㅕ」位於子音的右側。
ㅗ	嘴巴稍微張開，「ㅗ」的嘴形比「ㅓ」還小，嘴唇成圓形狀，舌頭自然抬起，發出類似注音「ㄡ」的音。母音「ㅗ」位於子音的下面。
ㅛ	母音ㅛ為複合母音，寫法比單母音多了一豎，因此，發音時，先發中文「一」的音，然後迅速接著發出「ㅗ」的音，類似中文「呦」的音。「ㅛ」的嘴形比「ㅕ」還小。母音「ㅛ」位於子音的下面。

ㅜ	「ㅜ」的嘴形比「ㅗ」更小，嘴唇向外伸出，成小圓形狀，與中文「烏」的音相似。母音「ㅜ」位於子音的下面。
ㅠ	母音ㅠ為複合母音，寫法比單母音多了一豎，因此，發音時，先發中文「一」的音，然後迅速接著發出「ㅜ」的音，類似英文字母「U」的音。母音「ㅠ」位於子音的下面。
ㅡ	嘴巴稍微張開，舌頭向上顎抬起，嘴唇向兩邊拉開，輕輕發出類似注音「ㄜ」的音。母音「ㅡ」位於子音的下面。
ㅣ	嘴巴稍微張開，嘴唇向兩邊拉開，發出類似中文「一」的音。母音「ㅣ」位於子音的右側。
ㅐ	嘴巴張開，舌頭頂住下齒，發出類似注音「ㄝ」的音。母音「ㅐ」位於子音的右側。
ㅒ	母音ㅒ為複合母音，寫法比單母音多了一橫，因此，發音時，先發中文「一」的音，然後迅速接著發出「ㅐ」的音，類似中文「耶」的音。母音「ㅒ」位於子音的右側。
ㅔ	母音「ㅔ」的嘴形比「ㅐ」還小，舌頭位置也比較高，發出類似注音「ㄝ」的音。母音「ㅔ」位於子音的右側。

ㅖ	母音 ㅖ為複合母音，寫法比單母音多了一橫，因此，發音時，先發中文「一」的音，然後迅速接著發出「ㅔ」的音，類似中文「耶」的音。母音「ㅖ」位於子音的右側。 ※母音「ㅖ」左側的子音是「ㅇ」時，才念「ㅖ」。如果左側的子音不是「ㅇ」時，大多都念「ㅔ」的音。
ㅘ	母音 ㅘ為複合母音，發音時，先發「ㅗ」的音，然後迅速接著發出「ㅏ」的音，類似中文「哇」的音。 母音「ㅘ」位於子音的下面。
ㅙ	母音 ㅙ為複合母音，發音時，先發「ㅗ」的音，然後迅速接著發出「ㅐ」的音，嘴形較大，類似注音「ㄨㄝ」的音。 母音「ㅙ」位於子音的下面。
ㅚ	發音時，嘴形和舌頭位置基本上與「ㅔ」相同，發出類似注音「ㄨㄝ」的音。母音「ㅚ」位於子音的下面。
ㅞ	母音 ㅞ為複合母音，發音時，先發「ㅜ」的音，然後迅速接著發出「ㅔ」的音，發出類似注音「ㄨㄝ」的音。母音「ㅞ」位於子音的下面。
ㅝ	母音 ㅝ為複合母音，發音時，先發「ㅜ」的音，然後迅速接著發出「ㅓ」的音，發出類似注音「ㄨㄛ」的音。母音「ㅝ」位於子音的下面。

	母音ㅟ為複合母音，發音時，先發「ㅜ」的音，然後迅速接著發出「ㅣ」的音，發出類似注音「ㄨㄧ」的音。母音「ㅟ」位於子音的下面。
ㅟ	
ㅢ	母音ㅢ為複合母音，發音時，先發「ㅡ」的音，然後迅速接著發出「ㅣ」的音，發出類似注音「ㄜㄧ」的音。母音「ㅢ」位於子音的下面。

母音

ㅏ

中文發音	阿
羅馬拼音	a
韓 文 字	아
發音方法	嘴巴自然張開，舌尖向下，嘴唇放鬆，發出類似注音「ㄚ」的音。
母音位置	母音位於韓文字的「第二音節」，即，子音的右側或下方。母音「ㅏ」位於子音的右側。

跟著寫寫看

ㅏ		
가		
나		
다		
아		

아이 小孩、孩子

中文發音	羅馬拼音	寫寫看
阿衣	a.i	

拼音練習

　　　 子音　　母音
아 → ㅇ ＋ ㅏ ＝ 아
이 → ㅇ ＋ ㅣ ＝ 이

※韓語子音「ㅇ」放在母音的左側或上面時，不發音。
　韓語母音「ㅏ」發類似注音「ㄚ」的音。
　韓語母音「ㅣ」發類似注音「一」的音。

串聯例句

中文	韓文
是漂亮的孩子呢！	예쁜 아이네요.
	耶奔 阿衣內呦
	ye.ppeun/a.i.ne.yo
孩子們很多。	아이들이 많아요.
	阿衣的里 馬那呦
	a.i.deu.ri/ma.na.yo
小孩哭。	아이가 울어요.
	阿衣嘎 烏囉呦
	a.i.ga/u.reo.yo

아이고 唉呀、唉呦

中文發音	羅馬拼音	寫寫看
阿衣夠	a.i.go	

拼音練習

	子音	母音		
아 →	ㅇ	+ ㅏ	=	아
이 →	ㅇ	+ ㅣ	=	이
고 →	ㄱ	+ ㅗ	=	고

※韓語子音「ㅇ」放在母音的左側或上面時，不發音。
韓語母音「ㅏ」發類似注音「ㄚ」的音。
韓語母音「ㅣ」發類似注音「一」的音。
韓語子音「ㄱ」不是頭音時，發類似注音「ㄍ」的音。
韓語母音「ㅗ」發類似注音「ㄡ」的音。

串聯例句

中文	韓文
唉呀！這是怎麼回事啊？	아이고, 이게 웬일이야. 阿衣夠 衣給 為你里呀 a.i.go/i.ge/we.ni.ri.ya
唉呦！我的命好苦啊！	아이고, 내 팔자야. 阿衣夠 累怕兒渣呀 a.i.go//nae/pal.jja.ya
天哪！活不下去了！	아이고, 못 살아. 阿衣夠 莫 沙拉 a.i.go//mot/sa.ra

0 1 7

1 母音篇
2 子音篇、尾音
3 尾音
4 韓語基礎會話
5 韓語基本詞彙

아빠 爸爸

中文發音	羅馬拼音	寫寫看
阿爸	a.ppa	

拼音練習

　　　子音　　母音
아 → ㅇ ＋ ㅏ ＝ 아
빠 → ㅃ ＋ ㅏ ＝ 빠

※韓語子音「ㅇ」放在母音的左側或上面時，不發音。
　韓語母音「ㅏ」發類似注音「ㄚ」的音。
　韓語子音「ㅃ」發類似注音「ㄅ」的音，要發重音。

串聯例句

中文	韓文
爸爸，你現在在哪裡？	아빠, 지금 어디야? 阿爸 七跟 喔低呀 a.ppa//ji.geum/eo.di.ya
爸爸，買這個給我！	아빠, 이거 사 줘. 阿爸 衣勾 沙 左 a.ppa//i.geo/sa/jwo
爸爸，請加油！	아빠, 힘내세요. 阿爸 呵音內誰呦 a.ppa//him.nae.se.yo

母音

ㅑ

中文發音	鴨
羅馬拼音	ya
韓 文 字	야
發音方法	母音ㅑ為複合母音，寫法比單母音多了一橫，因此，發音時，先發中文「一」的音，然後迅速接著發出「ㅏ」的音，類似中文「鴨」的音。
母音位置	母音位於韓文字的「第二音節」，即，子音的右側或下方。 母音「ㅑ」位於子音的右側。

動手寫寫看

ㅑ			
야			
냐			
샤			
햐			

야구 棒球		
中文發音	羅馬拼音	寫寫看
呀古	ya.gu	

拼音練習

    子音   母音
야 → ㅇ + ㅑ = 야
구 → ㄱ + ㅜ = 구

※韓語子音「ㅇ」放在母音的左側或上面時，不發音。
　韓語母音「ㅑ」發類似注音「ㄧㄚ」的音。
　韓語子音「ㄱ」不是頭音時，發類似注音「ㄍ」的
　音。
　韓語母音「ㅜ」發類似注音「ㄨ」的音。

串聯例句

中文	韓文
我們打棒球好嗎？	우리 야구를 할까요? 五里 呀古惹 哈兒嘎呦 u.ri/ya.gu.reul/hal.kka.yo
棒球帽要在哪裡買？	야구 모자는 어디서 사요? 呀估 謀渣能 喔低搜 沙呦 ya.gu/mo.ja.neun/eo.di.seo/sa.yo
請給我棒球。	야구공을 주세요. 呀估拱兒 租誰呦 ya.gu.gong.eul/jju.se.yo

야채 蔬菜

中文發音	羅馬拼音	寫寫看
呀賊	ya.chae	

拼音練習

子音　　母音

야 → ㅇ ＋ ㅑ = 야

채 → ㅊ ＋ ㅐ = 채

※韓語子音「ㅇ」放在母音的左側或上面時，不發音。

韓語母音「ㅑ」發類似注音「ㄧㄚ」的音。

韓語子音「ㅊ」發類似注音「ㄘ」的音，發音時需送氣。

韓語母音「ㅐ」發類似注音「ㄝ」的音，嘴型較大。

串聯例句

中文	韓文
冰箱裡沒有蔬菜。	냉장고에 야채가 없어요. 雷障夠耶 呀賊嘎 喔不搜呦 naeng.jang.go.e/ya.chae.ga/ eop.sseo.yo
生菜沙拉好吃。	야채 샐러드가 맛있어요. 呀賊 誰兒囉的嘎 媽西搜呦 ya.chae/sael.leo.deu.ga/ma.si. sseo.yo
請給我蔬菜拌飯。	야채 비빔밥을 주세요. 呀賊 匹賓爸撥 租誰呦 ya.chae/bi.bim.ba.beul/jju.se.yo

샤워 淋浴 (shower)

中文發音	羅馬拼音	寫寫看
蝦窩	sya.wo	

拼音練習

　　子音　　母音

샤 → ㅅ ＋ ㅑ ＝ 샤

워 → ㅇ ＋ ㅝ ＝ 워

※韓語子音「ㅅ」發類似注音「ㄒ」的音。

韓語母音「ㅑ」發類似注音「一ㄚ」的音。

韓語子音「ㅇ」放在母音的左側或上面時，不發音。

韓語母音「ㅝ」發類似注音「ㄨㄛ」的音。

串聯例句

中文	韓文
我想淋浴。	샤워하고 싶어요. 蝦我哈勾 西波呦 sya.wo.ha.go/si.peo.yo
淋浴器壞掉了。	샤워기가 고장났어요. 蝦我個衣嘎 扣髒那搜呦 sya.wo.gi.ga/go.jang.na.sseo.yo
在哪裡淋浴呢？	어디서 샤워해요? 喔低搜 蝦我黑呦 eo.di.seo/sya.wo.hae.yo

야외 野外、郊外

中文發音	羅馬拼音	寫寫看
呀危	ya.oe	

0 2 3

❶ 母音篇

2 子音篇

3 尾音

4 韓語基礎會話

5 韓語基本詞彙

拼音練習

子音　母音

야 → ㅇ ＋ ㅑ ＝ 야

외 → ㅇ ＋ ㅚ ＝ 외

※韓語子音「ㅇ」放在母音的左側或上面時，不發音。

韓語母音「ㅑ」發類似注音「一ㄚ」的音。

韓語母音「ㅚ」發類似注音「ㄨㄝ」的音。

串聯例句

中文	韓文
那裡有露天咖啡廳。	저기 야외 카페가 있어요. 醜個衣 呀為 卡佩嘎 衣搜呦 jeo.gi/ya.oe/ka.pe.ga/i.sseo.yo
去野外郊遊。	야외로 소풍 가요. 呀為漏 嗽撲 卡呦 ya.oe.ro/so.pung/ga.yo
露天游泳池很大。	야외 수영장이 커요. 呀為 蘇庸聯衣 扣呦 ya.oe/su.yeong.jang.i/keo.yo

母 音

ㅓ

中文發音	喔
羅馬拼音	eo
韓文字	어
發音方法	嘴巴自然張開,比母音「ㅏ」的嘴形小一點,舌頭稍微抬起,發出類似注音「ㄜ」的音。
母音位置	母音位於韓文字的「第二音節」,即,子音的右側或下方。母音「ㅓ」位於子音的右側。

跟著寫寫看

ㅓ			
어			
거			
너			
더			

어머 媽呀、唉呀、啊、噢

中文發音	羅馬拼音	寫寫看
喔摸	eo.meo	

拼音練習

子音　母音

어 → ㅇ + ㅓ = 어

머 → ㅁ + ㅓ = 머

※韓語子音「ㅇ」放在母音的左側或上面時，不發音。
　韓語母音「ㅓ」發類似注音「ㄜ」的音。
　韓語子音「ㅁ」發類似注音「ㄇ」的音。

串聯例句

中文	韓文
唉呀！對不起。	어머, 미안해요. 喔摸 咪安內呦 co.meo//mi.an.hae.yo
唉呀！怎麼辦？	어머! 어떡해? 喔摸 喔豆k eo.meo//eo.tteo.kae
唉呀，怎麼回事？	어머, 웬일이니? 喔摸 委你里你 eo.meo//we.ni.ri.ni

0
2
5

1 母音篇
2 子音篇
3 尾音
4 韓語基礎會話
5 韓語基本詞彙

어깨 肩膀

中文發音	羅馬拼音	寫寫看
喔個欸	eo.kkae	

拼音練習

```
        子音    母音
어 →  ㅇ  +  ㅓ  =  어
깨 →  ㄲ  +  ㅐ  =  깨
```

※韓語子音「ㅇ」放在母音的左側或上面時，不發音。
韓語母音「ㅓ」發類似注音「ㄜ」的音。
韓語子音「ㄲ」發類似注音「ㄍ」的音，要發重音。
韓語母音「ㅐ」發類似注音「ㄝ」的音，嘴型較大。

串聯例句

中文	韓文
肩膀很痛。	어깨가 너무 아파요. 喔給嘎 樓母 阿怕呦 eo.kkae.ga/neo.mu/a.pa.yo
肩膀很寬。	어깨가 넓어요. 喔給嘎 樓兒撥呦 eo.kkae.ga/neol.peo.yo
肩膀受傷了。	어깨를 다쳤어요. 喔給惹 他秋蒐呦 eo.kkae.reul/tta.cheo.sseo.yo

어머니 媽媽、母親

中文發音	羅馬拼音	寫寫看
喔摸你	eo.meo.ni	

拼音練習

子音　母音

어 → ㅇ ＋ ㅓ ＝ 어
머 → ㅁ ＋ ㅓ ＝ 머
니 → ㄴ ＋ ㅣ ＝ 니

> ※韓語子音「ㅇ」放在母音的左側或上面時,不發音。
> 　韓語母音「ㅓ」發類似注音「ㄛ」的音。
> 　韓語子音「ㅁ」發類似注音「ㄇ」的音。
> 　韓語子音「ㄴ」發類似注音「ㄋ」的音。
> 　韓語母音「ㅣ」發類似注音「一」的音。

串聯例句

中文	韓文
媽媽是老師。	어머니는 선생님이에요. 喔摸你能 松先你咪耶呦 eo.meo.ni.neun/seon.saeng.ni.mi.e.yo
很想念媽媽。	어머니가 너무 보고 싶어요. 喔摸你嘎 樓木 波夠 西波呦 eo.meo.ni.ga/neo.mu/bo.go/si.peo.yo
我愛媽媽。	어머니를 사랑해요. 喔摸你惹 沙郎嘿呦 eo.meo.ni.reul/ssa.rang.hae.yo

27

① 母音篇
② 子音篇
③ 尾音
④ 韓語基礎會話
⑤ 韓語基本詞彙

어디 哪裡

中文發音	羅馬拼音	寫寫看
喔滴	eo.di	

拼音練習

　　　子音　　母音
어 → ㅇ ＋ ㅓ ＝ 어
디 → ㄷ ＋ ㅣ ＝ 디

※韓語子音「ㅇ」放在母音的左側或上面時，不發音。
　韓語母音「ㅓ」發類似注音「ㄛ」的音。
　韓語子音「ㄷ」不是頭音時，發類似注音「ㄉ」的
　音。
　韓語母音「ㅣ」發類似注音「ㄧ」的音。

串聯例句

中文	韓文
你現在在哪裡？	지금 어디예요? 七跟 喔低耶呦 ji.geum/eo.di.ye.yo
化妝室在哪裡？	화장실은 어디예요? 花髒西冷 喔低耶呦 hwa.jang.si.reun/eo.di.ye.yo
你在哪裡工作？	어디에서 일해요? 喔低耶搜 衣累呦 eo.di.e.seo/il.hae.yo

어서 快、趕快、快點

中文發音	羅馬拼音	寫寫看
喔叟	eo.seo	

拼音練習

	子音		母音		
어 →	ㅇ	+	ㅓ	=	어
서 →	ㅅ	+	ㅓ	=	서

※韓語子音「ㅇ」放在母音的左側或上面時，不發音。
韓語母音「ㅓ」發類似注音「ㄛ」的音。
韓語母音「ㅅ」發類似注音「ㄙ」的音。

串聯例句

中文	韓文
歡迎光臨！	어서 오세요. 喔搜 歐誰呦 eo.seo/o.se.yo
快點說！	어서 말해 봐요. 喔搜 馬累 爸呦 eo.seo/mal.hae/bwa.yo
快點回答！	어서 대답해요! 喔搜 貼打佩呦 eo.seo/dae.da.pae.yo

어제 昨天

中文發音	羅馬拼音	寫寫看
喔賊	eo.je	

拼音練習

　　　子音　　母音
어 → ㅇ ＋ ㅓ ＝ 어
제 → ㅈ ＋ ㅔ ＝ 제

※韓語子音「ㅇ」放在母音的左側或上面時，不發音。
　韓語母音「ㅓ」發類似注音「ㄛ」的音。
　韓語子音「ㅈ」不是頭音時，發類似注音「ㄗ」的音。
　韓語母音「ㅔ」發類似注音「ㄝ」的音，嘴型較小。

串聯例句

中文	韓文
昨天很冷。	어제는 추웠어요. 喔賊能 粗我搜呦 eo.je.neun/chu.wo.sseo.yo
你昨天在做什麼？	어제 뭐 했어요? 喔賊 摸 黑搜呦 eo.je/mwo/hae.sseo.yo
昨天我在念書。	어제는 공부했어요. 喔賊能 空不黑搜呦 eo.je.neun/gong.bu.hae.sseo.yo

허리 腰

中文發音	羅馬拼音	寫寫看
後里	heo.ri	

0
3
1

1 母音篇
2 子音篇
3 尾音
4 韓語基礎會話
5 韓語基本詞彙

拼音練習

```
        子音    母音
허 → ㅎ + ㅓ = 허
리 → ㄹ + ㅣ = 리
```

> ※韓語子音「ㅎ」發類似注音「ㄏ」的音。
> 　韓語母音「ㅓ」發類似注音「ㄛ」的音。
> 　韓語子音「ㄹ」發類似注音「ㄌ」的音。
> 　韓語母音「ㅣ」發類似注音「ㄧ」的音。

串聯例句

中文	韓文
腰痛。	허리가 아파요. 齁里嘎 阿怕呦 heo.ri.ga/a.pa.yo
腰帶很漂亮。	허리띠가 예뻐요. 齁里弟嘎 耶撥呦 heo.ri.tti.ga/ye.ppeo.yo
腰部痛症很嚴重。	허리 통증이 심해요. 齁里 痛曾衣 心黑呦 heo.ri/tong.jeung.i/sim.hae.yo

저기 那邊、那裡

中文發音	羅馬拼音	寫寫看
湊個衣	jeo.gi	

拼音練習

```
        子音    母音
저 →  ㅈ  +  ㅓ  =  저
기 →  ㄱ  +  ㅣ  =  기
```

> ※韓語子音「ㅈ」為頭音時，發類似注音「ㄘ」的音。
> 　韓語母音「ㅓ」發類似注音「ㄛ」的音。
> 　韓語子音「ㄱ」不是頭音時，發類似注音「ㄍ」的
> 　音。
> 　韓語母音「ㅣ」發類似注音「ㅡ」的音。

串聯例句

中文	韓文
那裡是公園。	저기는 공원이에요. 醜個衣能 空我你耶呦 jeo.gi.neun/gong.wo.ni.e.yo
服務生，請給我菜單。	저기요, 메뉴판 좀 주세요. 醜個衣呦 妹呢U 盤 宗 組誰呦 jeo.gi.yo//me.nyu.pan/jom/ju.se.yo
那裡有售票口。	저기에 매표소가 있어요. 醜個衣耶 妹匹又嗽嘎 衣搜呦 jeo.gi.e/mae.pyo.so.ga/i.sseo.yo

떠나다 離開、出發

中文發音	羅馬拼音	寫寫看
兜那打	tteo.na.da	

拼音練習

子音　　母音

떠 → ㄸ + ㅓ = 떠
나 → ㄴ + ㅏ = 나
다 → ㄷ + ㅏ = 다

※韓語子音「ㄸ」發類似注音「ㄉ」的音，要發重音。
　韓語母音「ㅓ」發類似注音「ㄜ」的音。
　韓語子音「ㄴ」發類似注音「ㄋ」的音。
　韓語母音「ㅏ」發類似注音「ㄚ」的音。
　韓語子音「ㄷ」不是頭音時，發類似注音「ㄉ」的音。

串聯例句

中文	韓文
我們離開吧！	우리 떠나자. 五里 豆那渣 u.ri/tteo.na.ja
請別離開。	떠나지 마세요. 豆那基 馬誰呦 tteo.na.ji/ma.se.yo
她離開了。	그녀는 떠났어요. 可妞能 豆那蒐呦 geu.nyeo.neun/tteo.na.sseo.yo

母音

ㅕ

中文發音	唷
羅馬拼音	yeo
韓 文 字	여
發音方法	母音ㅕ為複合母音，寫法比單母音多了一橫，因此，發音時，先發中文「一」的音，然後迅速接著發出「ㅓ」的音，類似中文「唷」的音。
母音位置	母音位於韓文字的「第二音節」，即，子音的右側或下面。母音「ㅕ」位於子音的右側。

跟著寫寫看

ㅕ			
녀			
려			
며			
여			

여가 空閒、餘暇

中文發音	羅馬拼音	寫寫看
唷嘎	yeo.ga	

拼音練習

```
        子音   母音
여 → ㅇ + ㅕ = 여
가 → ㄱ + ㅏ = 가
```

※韓語子音「ㅇ」放在母音的左側或上面時，不發音。
韓語母音「ㅕ」發類似注音「一ㄛ」的音。
韓語子音「ㄱ」不是頭音時，發類似注音「ㄍ」的音。
韓語母音「ㅏ」發類似注音「ㄚ」的音。

串聯例句

中文	韓文
A 你一般休閒時間會做什麼呢？	여가 시간에 보통 뭐해요? 呦嘎 西乾內 波通 摸黑呦 yeo.ga/si.ga.ne/bo.tong/mwo.hae.yo
B 通常會在家看電視。	보통 집에서 티브이를 봐요. 波通 基背搜踢波衣惹 怕呦 bo.tong/ji.be.seo/ti.beu.i.reul/ppwa.yo
娛樂生活	여가 생활 呦嘎 鮮花兒 yeo.ga/saeng.hwal

0
3
5

1 母音篇
2 子音篇
3 尾音
4 韓語基礎會話
5 韓語基本辭彙

여자 女生、女子

中文發音	羅馬拼音	寫寫看
唷紮	yeo.ja	

拼音練習

　　　子音　　母音

여 → ㅇ + ㅕ = 여

자 → ㅈ + ㅏ = 자

※韓語子音「ㅇ」放在母音的左側或上面時，不發音。
　韓語母音「ㅕ」發類似注音「ㄧㄛ」的音。
　韓語子音「ㅈ」不是頭音時，發類似注音「ㄗ」的音。
　韓語母音「ㅏ」發類似注音「ㄚ」的音。

串聯例句

中文	韓文
那個女生很美。	그 여자는 예뻐요. 科 唷紮能 耶撥呦 geu/yeo.ja.neun/ye.ppeo.yo
我喜歡漂亮的女生。	예쁜 여자가 좋아요. 耶奔 唷紮嘎 醜阿呦 ye.ppeun/yeo.ja.ga/jo.a.yo
我是女生。	저는 여자예요. 醜能 唷紮耶呦 jeo.neun/yeo.ja.ye.yo

여기 這裡、這邊

中文發音	羅馬拼音	寫寫看
唷個衣	yeo.gi	

拼音練習

子音　　母音

여 → ㅇ ＋ ㅕ ＝ 여

기 → ㄱ ＋ ㅣ ＝ 기

※韓語子音「ㅇ」放在母音的左側或上面時，不發音。
韓語母音「ㅕ」發類似注音「一ㄛ」的音。
韓語子音「ㄱ」不是頭音時，發類似注音「ㄍ」的音。
韓語母音「ㅣ」發類似注音「一」的音。

串聯例句

中文	韓文
這裡是哪裡？	여기가 어디예요? 唷個衣嘎 喔低耶唷 yeo.gi.ga/eo.di.ye.yo
請來這裡。	여기에 오세요. 唷個衣耶 歐誰唷 yeo.gi.e/o.se.yo
這裡有水。	여기에 물이 있어요. 唷個衣耶 母里 衣搜唷 yeo.gi.e/mu.ri/i.sseo.yo

0
3
7

① 母音篇
② 子音篇
③ 尾音
④ 韓語基礎會話
⑤ 韓語基本詞彙

며느리 媳婦		
中文發音	羅馬拼音	寫寫看
謬呢里	myeo.neu.ri	

拼音練習

```
        子音      母音
며 →  ㅁ  +  ㅕ  =  며
느 →  ㄴ  +  ㅡ  =  느
리 →  ㄹ  +  ㅣ  =  리
```

> ※韓語子音「ㅁ」發類似注音「ㄇ」的音。
> 　韓語母音「ㅕ」發類似注音「一ㄛ」的音。
> 　韓語子音「ㄴ」發類似注音「ㄋ」的音。
> 　韓語母音「ㅡ」發類似注音「ㄜ」的音。
> 　韓語子音「ㄹ」發類似注音「ㄌ」的音。
> 　韓語母音「ㅣ」發類似注音「一」的音。

串聯例句

中文	韓文
我媳婦很乖。	우리 며느리가 착해요. 五里 謬呢里嘎 擦 K 呦 u.ri/myeo.neu.ri.ga/cha.kae.yo
第一個媳婦	첫째 며느리 湊賊 謬呢里 cheot.jjae/myeo.neu.ri
第二個媳婦	둘째 며느리 土賊 謬呢里 dul.jjae/myeo.neu.ri

소녀 少女

中文發音	羅馬拼音	寫寫看
嗽扭	so.nyeo	

0 3 9

❶ 母音篇

② 子音篇

③ 尾音

④ 韓語基礎會話

⑤ 韓語基本調彙

拼音練習

子音　母音

ㅅ → ㅅ ＋ ㅗ ＝ 소
녀 → ㄴ ＋ ㅕ ＝ 녀

> ※ 韓語子音「ㅅ」發類似注音「ㄙ」的音。
> 韓語母音「ㅗ」發類似注音「ㄡ」的音。
> 韓語子音「ㄴ」發類似注音「ㄋ」的音。
> 韓語母音「ㅕ」發類似注音「一ㄛ」的音。

串聯例句

中文	韓文
我愛那位少女。	그 소녀를 사랑해요. 可 嗽妞葱 沙郎嘿呦 geu/so.nyeo.reul/ssa.rang.hae.yo
有一位很美的少女。	아주 예쁜 소녀가 있어요. 阿租 耶奔 嗽妞嘎 衣捜呦 a.ju/ye.ppeun/so.nyeo.ga/i.sseo.yo
少女時代	소녀시대 嗽妞西爹 so.nyeo.si.dae

고려 高麗		
中文發音	羅馬拼音	寫寫看
ㄇ六	go.ryeo	

拼音練習

子音　　母音

고 → ㄱ ＋ ㅗ ＝ 고
려 → ㄹ ＋ ㅕ ＝ 려

> ※韓語子音「ㄱ」為頭音時，發類似注音「ㄎ」的音。
> 　韓語母音「ㅗ」發類似注音「ㄡ」的音。
> 　韓語子音「ㄹ」發類似注音「ㄌ」的音。
> 　韓語母音「ㅕ」發類似注音「一ㄛ」的音。

串聯例句

中文	韓文
高麗時代的王	고려시대의 왕
	扣六西參耶 王
	go.ryeo.si.dae.ui/wang
高麗時代服飾	고려시대 복식
	扣六西參 播系
	go.ryeo.si.dae/bok.ssik
高麗人參	고려인삼
	扣六吟山
	go.ryeo.in.sam

티셔츠 T恤 (T-shirts)

中文發音	羅馬拼音	寫寫看
踢休次	ti.syeo.cheu	

拼音練習

子音　　母音

티 → ㅌ ＋ ㅣ ＝ 티
셔 → ㅅ ＋ ㅕ ＝ 셔
츠 → ㅊ ＋ ㅡ ＝ 츠

※韓語子音「ㅌ」發音類似注音「ㄊ」的音，發音時需送氣。
韓語母音「ㅣ」發音類似注音「一」的音。
韓語子音「ㅅ」發音類似注音「ㄒ」的音。
韓語母音「ㅕ」發音類似注音「一ㆁ」的音。
韓語子音「ㅊ」發音類似注音「ㄘ」的音，發音時需送氣。
韓語母音「ㅡ」發音類似注音「ㄜ」的音。

串聯例句

中文	韓文
買了一件T恤。	티셔츠 한 벌 샀어요. 踢休次 憨 撥兒 沙搜呦 ti.syeo.cheu/han/beol/sa.sseo.yo
今天穿了T恤。	오늘 티셔츠를 입었어요. 歐呢 踢休次惹 衣撥搜呦 o.neul/ti.syeo.cheu.reul/i.beo.sseo.yo
T恤很小件。	티셔츠가 작아요. 踢休次嘎 差嘎呦 ti.syeo.cheu.ga/ja.ga.yo

0 4 1

1 母音篇
2 子音篇
3 尾音
4 韓語基礎會話
5 韓語基本詞彙

혀 舌頭		
中文發音	羅馬拼音	寫寫看
喝唷	hyeo	

拼音練習

　　　子音　　母音

혀 → ㅎ ＋ ㅕ ＝ 혀

※韓語子音「ㅎ」發類似注音「ㄏ」的音。
　韓語母音「ㅕ」發類似注音「一ㄛ」的音。

串聯例句

中文	韓文
請把舌頭伸出來。	혀를 내밀어 보세요.
	呵呦惹 累咪囉 撥誰呦
	hyeo.reul/nae.mi.reo/bo.se.yo
舌頭很長。	혀가 길어요.
	呵庸嘎 可衣囉呦
	hyeo.ga/gi.reo.yo
舌頭紅紅的。	혀가 빨개요.
	呵庸嘎 爸兒給呦
	hyeo.ga/ppal.kkae.yo

母音

ㅗ

中文發音	歐
羅馬拼音	o
韓文字	오
發音方法	嘴巴稍微張開，「ㅗ」的嘴形比「ㅓ」還小，嘴唇成圓形狀，舌頭自然抬起，發出類似注音「ㄡ」的音。
母音位置	母音位於韓文字的「第二音節」，即，子音的右側或下面。母音「ㅗ」位於子音的下面。

跟著寫寫看

ㅗ			
고			
노			
도			
오			

오리 鴨子

中文發音	羅馬拼音	寫寫看
歐里	o.ri	

拼音練習

	子音		母音		
오 →	ㅇ	+	ㅗ	=	오
리 →	ㄹ	+	ㅣ	=	리

※韓語子音「ㅇ」放在母音的左側或上面時，不發音。
韓語母音「ㅗ」發類似注音「ㄡ」的音。
韓語子音「ㄹ」發類似注音「ㄌ」的音。
韓語母音「ㅣ」發類似注音「ㄧ」的音。

串聯例句

中文	韓文
那裡有鴨子。	저기에 오리가 있어요. 醜個衣耶 歐里嘎 衣搜呦 jeo.gi.e/o.ri.ga/i.sseo.yo
北京烤鴨好吃。	북경오리가 맛있어요. 鋪個庸歐里嘎 馬西搜呦 buk.kkyeong.o.ri.ga/ma.si.sseo.yo
兩隻鴨子。	오리 두 마리 歐里 禿 馬里 o.ri/du/ma.ri

오빠 哥哥（妹妹稱呼哥哥時）

中文發音	羅馬拼音	寫寫看
歐爸	o.ppa	

拼音練習

	子音		母音		
오 →	ㅇ	+	ㅗ	=	오
빠 →	ㅃ	+	ㅏ	=	빠

※韓語子音「ㅇ」放在母音的左側或上面時，不發音。
韓語母音「ㅗ」發類似注音「ㄡ」的音。
韓語子音「ㅃ」發類似注音「ㄅ」的音，要發重音。
韓語母音「ㅏ」發類似注音「ㄚ」的音。

串聯例句

中文	韓文
哥，你在做什麼？	오빠, 지금 뭐 해요? 歐爸 七跟 摸 黑呦 o.ppa//ji.geum/mwo/hae.yo
哥哥長得很帥。	오빠는 잘 생겼어요. 歐爸能 差兒 先個呦搜呦 o.ppa.neun/jal/ssaeng.gyeo.sseo.yo
哥哥，我愛你。	오빠, 사랑해요. 歐爸 沙郎嘿呦 o.ppa//sa.rang.hae.yo

오후 下午		
中文發音	羅馬拼音	寫寫看
歐戶	o.hu	

拼音練習

```
      子音    母音
오 →  ㅇ  +  ㅗ  =  오
후 →  ㅎ  +  ㅜ  =  후
```

> ※韓語子音「ㅇ」放在母音的左側或上面時，不發音。
> 　韓語母音「ㅗ」發音類似注音「ㄡ」的音。
> 　韓語子音「ㅎ」發音類似注音「ㄏ」的音。
> 　韓語母音「ㅜ」發音類似注音「ㄨ」的音。

串聯例句

中文	韓文
下午有課。	오후에 수업이 있어요. 歐呼耶 蘇喔逼 衣搜呦 o.hu.e/su.eo.bi/i.sseo.yo
明天下午見面好嗎？	내일 오후에 만날까요? 累衣兒 歐呼耶 蠻那兒嘎呦 nae.il/o.hu.e/man.nal.kka.yo
現在是下午兩點。	지금 오후 두 시예요. 起跟 歐呼 禿 西耶呦 ji.geum/o.hu/du/si.ye.yo

노래 歌曲

中文發音	羅馬拼音	寫寫看
樓累	no.rae	

0 4 7

1 母音篇

2 子音篇

3 尾音

4 韓語基礎會話

5 韓語基本詞彙

拼音練習

子音　　母音

노 → ㄴ ＋ ㅗ ＝ 노
래 → ㄹ ＋ ㅐ ＝ 래

※韓語子音「ㄴ」發音類似注音「ㄋ」的音。
　韓語母音「ㅗ」發音類似注音「ㄡ」的音。
　韓語子音「ㄹ」發音類似注音「ㄌ」的音。
　韓語母音「ㅐ」發音類似注音「ㄝ」的音，嘴型較大。

串聯例句

中文	韓文
我喜歡韓國歌曲。	한국 노래가 좋아요. 憨估 NO 累嘎 醜阿呦 han.guk/no.rae.ga/jo.a.yo
一起唱歌吧！	같이 노래하자. 卡器 NO 累哈紮 ga.chi/no.rae.ha.ja
我們去練歌房吧。	노래방에 갑시나. 樓累棒耶 砍不西打 no.rae.bang.e/gap.ssi.da

도시 都市		
中文發音	羅馬拼音	寫寫看
頭西	do.si	

拼音練習

　　　　子音　　母音
ㄷ → ㄷ ＋ ㅗ ＝ 도
시 → ㅅ ＋ ㅣ ＝ 시

※韓語子音「ㄷ」為頭音時，發類似注音「ㄊ」的音。
　韓語母音「ㅗ」發類似注音「ㄡ」的音。
　韓語子音「ㅅ」右側的母音為「ㅣ」時，發類似注音「ㄒ」的音。
　韓語母音「ㅣ」發類似注音「一」的音。

串聯例句

中文	韓文
都市很複雜。	도시가 복잡해요. 頭西嘎 播紮配呦 do.si.ga/bok.jja.pae.yo
我住在都市。	나는 도시에서 살아요. 那能 透西耶搜 沙拉呦 na.neun/do.si.e.seo/sa.ra.yo
都市有很多人。	도시에 사람이 많아요. 頭西耶 沙拉咪 馬那呦 do.si.e/sa.ra.mi/ma.na.yo

로마 羅馬

中文發音	羅馬拼音	寫寫看
樓馬	ro.ma	

拼音練習

```
     子音   母音
로 → ㄹ + ㅗ = 로
마 → ㅁ + ㅏ = 마
```

※韓語子音「ㄹ」發音類似注音「ㄌ」的音。
　韓語母音「ㅗ」發音類似注音「ㄡ」的音。
　韓語子音「ㅁ」發音類似注音「ㄇ」的音。
　韓語母音「ㅏ」發音類似注音「ㄚ」的音。

串聯例句

中文	韓文
羅馬是義大利的首都。	로마는 이탈리아의 수도입니다. 樓馬能 衣他里阿耶 蘇豆影你打 ro.ma.neun/i.tal.li.a.ui/su.do.im.ni.da
羅馬數字	로마숫자 樓馬素炸 ro.ma.sut.jja
羅馬帝國	로마제국 樓馬賊固 ro.ma.je.guk

0
4
9

① 母音篇
② 子音篇
③ 尾音
④ 韓語基礎會話
⑤ 韓語基本詞彙

보다　看、查看、觀看

中文發音	羅馬拼音	寫寫看
破打	bo.da	

拼音練習

　　　子音　　母音

보 → ㅂ ＋ ㅗ ＝ 보
다 → ㄷ ＋ ㅏ ＝ 다

> ※韓語子音「ㅂ」為頭音時，發類似注音「ㄆ」的音。
> 韓語母音「ㅗ」發類似注音「ㄡ」的音。
> 韓語子音「ㄷ」不是頭音時，發類似注音「ㄉ」的
> 音。
> 韓語母音「ㅏ」發類似注音「ㄚ」的音。

串聯例句

中文	韓文
看了韓劇。	한국 드라마를 봤어요. 憨估 特拉馬惹 怕搜呦 han.guk/deu.ra.ma.reul/ppwa.sseo.yo
想念家人。	가족들이 보고 싶어요. 卡捲的里 撥夠 西波呦 ga.jok.tteu.ri/bo.go/si.peo.yo
正在看書。	책을 보고 있어요. 賊歌 波夠 衣搜呦 chae.geul/ppo.go/i.sseo.yo

소리 聲音

中文發音	羅馬拼音	寫寫看
嗽里	so.ri	

拼音練習

子音　母音

소 → ㅅ ＋ ㅗ ＝ 소

리 → ㄹ ＋ ㅣ ＝ 리

※韓語子音「ㅅ」發類似注音「ㄙ」的音。
韓語母音「ㅗ」發類似注音「ㄡ」的音。
韓語子音「ㄹ」發類似注音「ㄌ」的音。
韓語母音「ㅣ」發類似注音「ㄧ」的音。

串聯例句

中文	韓文
聲音太小了。	소리가 너무 작아요. 嗽里嘎 樓木 差嘎呦 so.ri.ga/neo.mu/ja.ga.yo
請大聲說。	큰 소리로 말해 보세요. 坑 嗽里漏 馬累 撥誰呦 keun/so.ri.ro/mal.hae/bo.se.yo
那是什麼話？	그게 무슨 소리예요? 可給 母身 嗽里耶呦 geu.ge/mu.seun/so.ri.ye.yo

토끼 兔子

中文發音	羅馬拼音	寫寫看
透個義	to.kki	

拼音練習

　　　子音　　母音

토 → ㅌ + ㅗ = 토

끼 → ㄲ + ㅣ = 끼

※韓語子音「ㅌ」發類似注音「ㄊ」的音，發音時需
送氣。
韓語母音「ㅗ」發類似注音「ㄡ」的音。
韓語子音「ㄲ」發類似注音「ㄍ」的音，要發重音。
韓語母音「ㅣ」發類似注音「一」的音。

串聯例句

中文	韓文
兔子很可愛。	토끼가 귀여워요. 透個衣嘎 虧呦我呦 to.kki.ga/gwi.yeo.wo.yo
我屬兔。	나는 토끼띠예요. 那能 透個衣第耶呦 na.neun/to.kki.tti.ye.yo
兔子跳。	토끼가 뛰어요. 透個衣嘎 對喔呦 to.kki.ga/ttwi.eo.yo

母音

ㅛ

中文發音	呦
羅馬拼音	yo
韓文字	요
發音方法	母音ㅛ為複合母音，寫法比單母音多了一豎，因此，發音時，先發中文「一」的音，然後迅速接著發出「ㅗ」的音，類似中文「呦」的音。「ㅛ」的嘴形比「ㅑ」還小。
母音位置	母音位於韓文字的「第二音節」，即，子音的右側或下面。母音「ㅛ」位於子音的下面。

跟著寫寫看

ㅛ		
묘		
쇼		
표		
요		

요리 料理、菜餚

中文發音	羅馬拼音	寫寫看
呦里	yo.ri	

拼音練習

子音　母音

요 → ㅇ ＋ ㅛ ＝ 요
리 → ㄹ ＋ ㅣ ＝ 리

※韓語子音「ㅇ」放在母音的左側或上面時，不發音。
韓語母音「ㅛ」發類似注音「一ㄡ」的音。
韓語子音「ㄹ」發類似注音「ㄌ」的音。
韓語母音「ㅣ」發類似注音「一」的音。

串聯例句

中文	韓文
我想吃韓國菜。	한국 요리를 먹고 싶어요. 憨估 呦里惹 莫夠 西波呦 han.guk/yo.ri.reul/meok.kko/si.peo.yo
菜很多。	요리가 많아요. 呦里嘎 馬那呦 yo.ri.ga/ma.na.yo
菜很好吃。	요리가 맛있어요. 呦里嘎 馬西蒐呦 yo.ri.ga/ma.si.sseo.yo

요구르트 優格、養樂多、優酪乳

中文發音	羅馬拼音	寫寫看
呦估了特	yo.gu.reu.teu	

拼音練習

	子音		母音		
요 →	ㅇ	+	ㅛ	=	요
구 →	ㄱ	+	ㅜ	=	구
르 →	ㄹ	+	ㅡ	=	르
트 →	ㅌ	+	ㅡ	=	트

> ※韓語子音「ㅇ」放在母音的左側或上面時，不發音。
> 韓語母音「ㅛ」發類似注音「ㄧㄡ」的音。
> 韓語子音「ㄱ」不是頭音時，發類似注音「ㄍ」的音。
> 韓語母音「ㅜ」發類似注音「ㄨ」的音。
> 韓語子音「ㄹ」發類似注音「ㄌ」的音。
> 韓語母音「ㅡ」發類似注音「ㄜ」的音。
> 韓語子音「ㅌ」發類似注音「ㄊ」的音，發音時需送氣。

串聯例句

中文	韓文
優格很甜。	요구르트가 달아요.
	呦估了特嘎 他拉呦
	yo.gu.reu.teu.ga/da.ra.yo
吃了優格。	요구르트를 먹었어요.
	呦估了特惹 摸夠蒐呦
	yo.gu.reu.teu.reul/meo.geo.sseo.yo

1 母音篇
2 子音篇
3 尾音
4 韓語基礎會話
5 韓語基本詞彙

교과서 教科書

中文發音	羅馬拼音	寫寫看
可呦瓜搜	gyo.gwa.seo	

拼音練習

　　　　子音　　母音
교 → ㄱ + ㅛ = 교
과 → ㄱ + ㅘ = 과
서 → ㅅ + ㅓ = 서

> ※韓語子音「ㄱ」為頭音時，發類似注音「ㄎ」的音。
> 　韓語母音「ㅛ」發類似注音「ㄧㄡ」的音。
> 　韓語子音「ㄱ」不是頭音時，發類似注音「ㄍ」的音。
> 　韓語母音「ㅘ」發類似注音「ㄨㄚ」的音。
> 　韓語子音「ㅅ」發類似注音「ㄙ」的音。
> 　韓語母音「ㅓ」發類似注音「ㄛ」的音。

串聯例句

中文	韓文
請閱讀教科書。	교과서를 읽으세요. 可呦瓜搜惹 衣歌誰呦 gyo.gwa.seo.reul/il.geu.se.yo
教科書很難。	교과서가 어려워요. 可呦瓜搜嘎 喔六我呦 gyo.gwa.seo.ga/eo.ryeo.wo.yo
請不要看教科書。	교과서를 보지 마세요. 可呦瓜搜惹 波基 馬誰呦 gyo.gwa.seo.reul/bo.ji/ma.se.yo

수수료 手續費

中文發音	羅馬拼音	寫寫看
酥酥六	su.su.ryo	

拼音練習

子音　　母音

수 → ㅅ ＋ ㅜ ＝ 수
수 → ㅅ ＋ ㅜ ＝ 수
료 → ㄹ ＋ ㅛ ＝ 료

※韓語子音「ㅅ」發類似注音「ㄙ」的音。
　韓語母音「ㅜ」發類似注音「ㄨ」的音。
　韓語子音「ㄹ」發類似注音「ㄌ」的音。
　韓語母音「ㅛ」發類似注音「ㄧㄡ」的音。

串聯例句

中文	韓文
需要付手續費。	수수료가 필요합니다. 酥酥六嘎 匹六憨你打 su.su.ryo.ga/pi.ryo.ham.ni.da
手續費免費。	수수료는 무료예요. 酥酥六能 母六耶呦 su.su.ryo.ncun/mu.ryo.ye.yo
手續費是 5%。	수수료는 5 퍼센트입니다. 酥酥六能 歐波先特影你打 su.su.ryo.neun/o.peo.sen.teu.im.ni.da

아니죠? 不是吧？

中文發音	羅馬拼音	寫寫看
阿你救	a.ni.jyo	

拼音練習

　　　　子音　　母音
아 → ○ + ㅏ = 아
니 → ㄴ + ㅣ = 니
죠 → ㅈ + ㅛ = 죠

※韓語子音「○」放在母音的左側或上面時，不發音。
　韓語母音「ㅏ」發類似注音「ㄚ」的音。
　韓語子音「ㄴ」發類似注音「ㄋ」的音。
　韓語母音「ㅣ」發類似注音「ㅡ」的音。
　韓語子音「ㅈ」不是頭音時，發類似注音「ㄗ」的音。
　韓語母音「ㅛ」發類似注音「ㄧㄡ」的音。

串聯例句

中文	韓文
不是我吧？	내가 아니죠? 類嘎 阿你救 nae.ga/a.ni.jyo
那不是事實吧？	그게 사실이 아니죠? 可給 沙西里 阿你救 geu.ge/sa.si.ri/a.ni.jyo
這個不是免費的吧？	이게 공짜가 아니죠? 衣給 公渣嘎 阿你救 i.ge/gong.jja.ga/a.ni.jyo

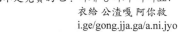

도쿄 東京

中文發音	羅馬拼音	寫寫看
頭可又	do.kyo	

拼音練習

子音　母音

도 → ㄷ ＋ ㅗ ＝ 도

쿄 → ㅋ ＋ ㅛ ＝ 쿄

※韓語子音「ㄷ」為頭音時，發類似注音「ㄊ」的音。
　韓語母音「ㅗ」發類似注音「ㄡ」的音。
　韓語子音「ㅋ」發類似注音「ㄎ」的音，發音時需
　送氣。
　韓語母音「ㅛ」發類似注音「ㄧㄡ」的音。

串聯例句

中文	韓文
弟弟在東京讀書。	동생은 도쿄에서 공부해요. 同先恩 頭可又耶搜 空不黑呦 dong.saeng.eun/do.kyo.e.seo/ gong.bu.hae.yo
東京天氣如何？	도쿄 날씨는 어때요? 頭可又 那兒系能 喔爹呦 do.kyo/nal.ssi.neun/eo.ttae.yo
夫過東京了嗎？	도쿄에 가 봤어요? 頭可又耶 卡 爸蔻呦 do.kyo.e/ga/bwa.sseo.yo

기차표 火車票

中文發音	羅馬拼音	寫寫看
可衣擦票	gi.cha.pyo	

拼音練習

子音　　母音

기 → ㄱ + ㅣ = 기
차 → ㅊ + ㅏ = 차
표 → ㅍ + ㅛ = 표

※韓語子音「ㄱ」為頭音時，發音似注音「ㄎ」的音。
　韓語母音「ㅣ」發音類似注音「ㅡ」的音。
　韓語子音「ㅊ」發音類似注音「ㄘ」的音，發音時需送氣。
　韓語母音「ㅏ」發音類似注音「ㄚ」的音。
　韓語子音「ㅍ」發音類似注音「ㄆ」的音，發音時需送氣。
　韓語母音「ㅛ」發音類似注音「ㅡㄡ」的音。

串聯例句

中文	韓文
買了兩張火車票。	기차표 두 장 샀어요. 可衣擦票 禿 髒 沙蒐呦 gi.cha.pyo/du/jang/sa.sseo.yo
我沒有火車票。	저는 기차표가 없어요. 醜能 可衣擦票嘎 喔不蒐呦 jeo.neun/gi.cha.pyo.ga/eop.sseo.yo
請給我一張火車票。	기차표 한 장 주세요. 可衣擦票 憨 髒 租誰呦 gi.cha.pyo/han/jang/ju.se.yo

母音
ㅜ

中文發音	烏
羅馬拼音	u
韓文字	우
發音方法	「ㅜ」的嘴形比「ㅗ」更小，嘴唇向外伸出，成小圓形狀，與中文「烏」的音相似。
母音位置	母音位於韓文字的「第二音節」，即，子音的右側或下面。母音「ㅜ」位於子音的下面。

動手寫寫看

ㅜ			
구			
두			
무			
우			

우유 牛奶		
中文發音	羅馬拼音	寫寫看
烏 U	u.yu	

拼音練習

　　　子音　　母音
우 → ㅇ ＋ ㅜ ＝ 우
유 → ㅇ ＋ ㅠ ＝ 유

※韓語子音「ㅇ」放在母音的左側或上面時，不發音。
　韓語母音「ㅜ」發類似注音「ㄨ」的音。
　韓語母音「ㅠ」發類似英文字母「U」的音。

串聯例句

中文	韓文
請給我香蕉牛奶。	바나나 우유를 주세요. 爸那那 烏U惹 租誰呦 ba.na.na/u.yu.reul/jju.se.yo
我想喝牛奶。	우유를 마시고 싶어요. 烏U惹 馬西夠 西波呦 u.yu.reul/ma.si.go/si.peo.yo
沒有牛奶嗎？	우유가 없어요? 烏U嘎 喔不蔑呦 u.yu.ga/eop.sseo.yo

우리	我們、我們的
中文發音	羅馬拼音	寫寫看

五里　　　　u.ri

拼音練習

　　　子音　　母音

우 → ㅇ ＋ ㅜ ＝ 우
리 → ㄹ ＋ ㅣ ＝ 리

> ※韓語子音「ㅇ」放在母音的左側或上面時，不發音。
> 　韓語母音「ㅜ」發類似注音「ㄨ」的音。
> 　韓語子音「ㄹ」發類似注音「ㄌ」的音。
> 　韓語母音「ㅣ」發類似注音「ㄧ」的音。

串聯例句

中文	韓文
我們是學生。	우리는 학생입니다.
	五里能 哈先影你打
	u.ri.neun/hak.ssaeng.im.ni.da
我爸爸是公司職員。	우리 아버지는 회사원이에요.
	五里 阿撥擠能 灰沙我你耶呦
	u.ri/a.beo.ji.neun/hoe.sa.wo.ni.e.yo
這裡是我們學校。	여기는 우리 학교예요.
	呦個衣能 五里 哈個又耶呦
	yeo.gi.neun/u.ri/hak.kkyo.ye.yo

0
6
3

❶ 母音篇
② 子音篇
③ 尾音
④ 韓語基礎會話
⑤ 韓語基本闹量

우표 郵票

中文發音	羅馬拼音	寫寫看
烏匹又	u.pyo	

拼音練習

子音　　母音

우 → ㅇ + ㅜ = 우
표 → ㅍ + ㅛ = 표

※韓語子音「ㅇ」放在母音的左側或上面時，不發音。
　韓語母音「ㅜ」發類似注音「ㄨ」的音。
　韓語子音「ㅍ」發類似注音「ㄆ」的音，發音時需
　送氣。
　韓語母音「ㅛ」發類似注音「ㄧㄡ」的音。

串聯例句

中文	韓文
請給我一張郵票。	우표 한 장 주세요. 烏匹又 憨 髒 組誰呦 u.pyo/han/jang/ju.se.yo
請貼郵票。	우표를 붙이세요. 烏匹又蔥 鋪氣誰呦 u.pyo.reul/ppu.chi.se.yo
在郵局買郵票。	우체국에서 우표를 사요. 烏賊古給搜 烏匹又蔥 沙呦 u.che.gu.ge.seo/u.pyo.reul/ssa.yo

두부 豆腐

中文發音	羅馬拼音	寫寫看
土補	du.bu	

拼音練習

子音　　母音

두 → ㄷ ＋ ㅜ ＝ 두
부 → ㅂ ＋ ㅜ ＝ 부

※韓語子音「ㄷ」為頭音時，發類似注音「ㄊ」的音。
韓語母音「ㅜ」發類似注音「ㄨ」的音。
韓語子音「ㅂ」不是頭音時，發類似注音「ㄅ」的音。

串聯例句

中文	韓文
我喜歡吃豆腐。	저는 두부를 좋아해요. 醜能 土補惹 醜阿黑呦 jeo.neun/du.bu.reul/jjo.a.hae.yo
在市場買豆腐。	시장에서 두부를 사요. 西髒耶搜 土補惹 沙呦 si.jang.e.seo/du.bu.reul/ssa.yo
請給我豆腐鍋。	순두부찌개를 주세요. 孫嘟補基給惹 租誰呦 sun.du.bu.jji.gae.reul/jju.se.yo

1 母音篇
2 子音篇
3 尾音篇
4 韓ervieng 基礎會話
5 韓語基本詞彙

누구 誰

中文發音	羅馬拼音	寫寫看
努古	nu.gu	

拼音練習

　　　　子音　　母音
누 → ㄴ ＋ ㅜ ＝ 누
구 → ㄱ ＋ ㅜ ＝ 구

> ※韓語子音「ㄴ」發類似注音「ㄋ」的音。
> 　韓語母音「ㅜ」發類似注音「ㄨ」的音。
> 　韓語子音「ㄱ」不是頭音時，發類似注音「ㄍ」的音。

串聯例句

中文	韓文
那個人是誰？	그 사람이 누구예요?
	可 沙拉咪 努古耶呦
	geu/sa.ra.mi/nu.gu.ye.yo
這是誰的照片？	이건 누구의 사진이에요?
	衣拱 努古耶 沙基你耶呦
	i.geon/nu.gu.ui/sa.ji.ni.e.yo
誰是俊秀先生呢？	누가 준수 씨예요?
	努嘎 尊蘇 系耶呦
	nu.ga/jun.su/ssi.ye.yo

무료 免費		
中文發音	羅馬拼音	寫寫看
母六	mu.ryo	

拼音練習

　　子音　　母音
무 → ㅁ ＋ ㅜ ＝ 무
료 → ㄹ ＋ ㅛ ＝ 료

※韓語子音「ㅁ」發類似注音「ㄇ」的音。
　韓語母音「ㅜ」發類似注音「ㄨ」的音。
　韓語子音「ㄹ」發類似注音「ㄌ」的音。
　韓語母音「ㅛ」發類似注音「一ㄡ」的音。

串聯例句

中文	韓文
A 這是免費的嗎？	이것이 무료입니까?
	衣狗西 母六影你嘎
	i.geo.si/mu.ryo.im.ni.kka
B 對，那是免費的。	네, 그것은 무료입니다.
	內 可狗身 母六影你打
	ne//geu.geo.seun/mu.ryo.im.ni.da
免費服務	무료 서비스
	母六 搜逼思
	mu.ryo/sco.bi.scu

수리하다 修理

中文發音	羅馬拼音	寫寫看
蘇里哈打	su.ri.ha.da	

拼音練習

子音　母音

수 → ㅅ ＋ ㅜ ＝ 수
리 → ㄹ ＋ ㅣ ＝ 리
하 → ㅎ ＋ ㅏ ＝ 하
다 → ㄷ ＋ ㅏ ＝ 다

※韓語子音「ㅅ」發類似注音「ㄙ」的音。
　韓語母音「ㅜ」發類似注音「ㄨ」的音。
　韓語子音「ㄹ」發類似注音「ㄌ」的音。
　韓語母音「ㅣ」發類似注音「ㄧ」的音。
　韓語子音「ㅎ」發類似注音「ㄏ」的音。
　韓語母音「ㅏ」發類似注音「ㄚ」的音。
　韓語子音「ㄷ」不是頭音時，發類似注音「ㄉ」的音。

串聯例句

中文	韓文
請幫我修理。	수리해 주세요. 蘇里黑 租誰呦 su.ri.hae/ju.se.yo
可以幫我修理嗎？	수리해 줄 수 있어요? 蘇里黑 租兒 蘇 衣搜呦 su.ri.hae/jul/su/i.sseo.yo
修理費。	수리비 蘇里筆 su.ri.bi

후배　後輩、學弟妹

中文發音	羅馬拼音	寫寫看
呼背	hu.bae	

拼音練習

了音　　母音

후 → ㅎ ＋ ㅜ ＝ 후
배 → ㅂ ＋ ㅐ ＝ 배

※韓語子音「ㅎ」發類似注音「ㄏ」的音。
韓語母音「ㅜ」發類似注音「ㄨ」的音。
韓語子音「ㅂ」不是頭音時，發類似注音「ㄅ」的音。
韓語母音「ㅐ」發類似注音「ㄝ」的音，嘴型較大。

串聯例句

中文	韓文
我是後輩。	저는 후배입니다. 醜能 呼背影你打 jeo.neun/hu.bae.im.ni.da
和後輩一起去。	후배하고 같이 가요. 呼背哈溝 卡器 卡呦 hu.bae.ha.go/ga.chi/ga.yo
昨天見到了後輩。	어제 후배를 만났어요. 喔賊 呼背惹 蠻娜嵬呦 eo.je/hu.bae.reul/man.na.sseo.yo

母音

ㅠ

中文發音	×
羅馬拼音	yu
韓文字	유
發音方法	母音ㅠ為複合母音，寫法比單母音多了一豎，因此，發音時，先發中文「ㅡ」的音，然後迅速接著發出「ㅜ」的音，類似英文字母「U」的音。
母音位置	母音位於韓文字的「第二音節」，即，子音的右側或下面。母音「ㅠ」位於子音的下面。

動手寫寫看

ㅠ			
뉴			
슈			
휴			
유			

유자 柚子

中文發音	羅馬拼音	寫寫看
U 渣	yu.ja	

0 7 1

1 母音篇

2 子音篇

3 尾音

4 韓語基礎會話

5 韓語基本詞彙

拼音練習

```
        子音    母音
유 →  ㅇ  +  ㅠ  =  유
자 →  ㅈ  +  ㅏ  =  자
```

> ※韓語子音「ㅇ」放在母音的左側或上面時，不發音。
> 韓語母音「ㅠ」發類似英文字母「U」的音。
> 韓語子音「ㅈ」不是頭音時，發類似注音「ㄗ」的音。
> 韓語母音「ㅏ」發類似注音「ㄚ」的音。

串聯例句

中文	韓文
有四個柚子。	유자 네 개 있어요. U 渣 內 給 衣 搜 呦 yu.ja/ne/gae/i.sseo.yo
從故鄉收到了柚子。	고향에서 유자를 받았어요. 口喝羊耶搜 U 渣蔥 怕打蒐呦 go.hyang.e.seo/yu.ja.reul/ppa.da. sseo.yo
我想喝柚子茶。	유자차를 마시고 싶어요. U 渣茶蔥 馬西夠 西波呦 yu.ja.cha.reul/ma.si.go/si.peo.yo

유도 柔道

中文發音	羅馬拼音	寫寫看
U 斗	yu.do	

拼音練習

子音　　母音

유 → ㅇ ＋ ㅠ ＝ 유

도 → ㄷ ＋ ㅗ ＝ 도

※韓語子音「ㅇ」放在母音的左側或上面時，不發音。
　韓語母音「ㅠ」發類似英文字母「U」的音。
　韓語子音「ㄷ」不是頭音時，發類似注音「ㄅ」的音。
　韓語母音「ㅗ」發類似注音「ㄡ」的音。

串聯例句

中文	韓文
最近在學柔道。	요즘 유도를 배워요. 呦贈 U 斗惹 陪我呦 yo.jeum/yu.do.reul/ppae.wo.yo
柔道服	유도복 U 斗播 yu.do.bok
柔道選手	유도 선수 U 斗 松鼠 yu.do/seon.su

유머	幽默（humor）		0 7 3
中文發音	羅馬拼音	寫寫看	
U 抹	yu.meo		

拼音練習

子音　母音
유 → ㅇ ＋ ㅠ ＝ 유
머 → ㅁ ＋ ㅓ ＝ 머

> ※韓語子音「ㅇ」放在母音的左側或上面時，不發音。
> 　韓語母音「ㅠ」發類似英文字母「U」的音。
> 　韓語子音「ㅁ」發類似注音「ㄇ」的音。
> 　韓語母音「ㅓ」發類似注音「ㄜ」的音。

串聯例句

中文	韓文
幽默故事	유머 이야기 U 抹 衣呀個衣 yu.meo/i.ya.gi
幽默感	유머 감각 U 抹 砍尬 yu.meo/gam.gak
懂幽默的人。	유머를 아는 사람 U 抹惹 阿能 沙朗 yu.meo.reul/a.neun/sa.ram

0
1 母音篇
2 子音篇
3 尾音
4 韓語基礎會話
5 韓語基本關彙

규모 規模

中文發音	羅馬拼音	寫寫看
Q 抹	gyu.mo	

拼音練習

　　　　子音　　母音
규 → ㄱ + ㅠ = 규
모 → ㅁ + ㅗ = 모

> ※韓語子音「ㄱ」為頭音時，發音似注音「ㄎ」的音。
> 　韓語母音「ㅠ」發類似英文字母「U」的音。
> 　韓語子音「ㅁ」發類似注音「ㄇ」的音。
> 　韓語母音「ㅗ」發類似注音「ㄡ」的音。

串聯例句

中文	韓文
規模很大。	규모가 커요. Q 抹嘎 扣呦 gyu.mo.ga/keo.yo
規模很小。	규모가 작아요. Q 抹嘎 差嘎呦 gyu.mo.ga/ja.ga.yo
地震規模	지진 규모 七金 Q 抹 ji.jin/gyu.mo

뉴스 電視新聞（news）

中文發音	羅馬拼音	寫寫看
呢 U 思	nyu.seu	

拼音練習

了音　母音

뉴 → ㄴ ＋ ㅠ ＝ 뉴
스 → ㅅ ＋ ㅡ ＝ 스

> ※韓語子音「ㄴ」發類似注音「ㄋ」的音。
> 　韓語母音「ㅠ」發類似英文字母「U」的音。
> 　韓語子音「ㅅ」發類似注音「ㄙ」的音。
> 　韓語母音「ㅡ」發類似注音「ㄜ」的音。

串聯例句

中文	韓文
早晨新聞	아침 뉴스 阿親 呢 U 思 a.chim/nyu.seu
午間新聞	점심 뉴스 寵心 呢 U 思 jeom.sim/nyu.seu
晚間新聞	저녁 뉴스 醜妞 呢 U 思 jeo.nyeok/nyu.seu

0
7
5

1 母音篇
2 子音篇
3 尾音
4 韓語基礎會話
5 韓語基本詞彙

서류 文件、文書

中文發音	羅馬拼音	寫寫看
搜了U	seo.ryu	

拼音練習

```
     子音    母音
서 → ㅅ  +  ㅓ  =  서
류 → ㄹ  +  ㅠ  =  류
```

> ※韓語子音「ㅅ」發類似注音「ㄥ」的音。
> 韓語母音「ㅓ」發類似注音「ㄜ」的音。
> 韓語子音「ㄹ」發類似注音「ㄌ」的音。
> 韓語母音「ㅠ」發類似英文字母「U」的音。

串聯例句

中文	韓文
看了一些文件。	서류들을 봤어요. 搜了U 的惹 怕搜呦 seo.ryu.deu.reul/ppwa.sseo.yo
請給我那個文件。	그 서류를 좀 주세요. 可 搜了U 惹 綜 租誰呦 geu/seo.ryu.reul/jjom/ju.se.yo
這裡文件很多。	여기에 서류가 많아요. 呦個衣耶 搜了U 嘎 馬那呦 yeo.gi.e/seo.ryu.ga/ma.na.yo

슈퍼 超市

中文發音	羅馬拼音	寫寫看
思U波	syu.peo	

拼音練習

	子音		母音		
슈 →	ㅅ	+	ㅠ	=	슈
퍼 →	ㅍ	+	ㅓ	=	퍼

※韓語子音「ㅅ」發類似注音「ㄙ」的音。
韓語母音「ㅠ」發類似英文字母「U」的音。
韓語子音「ㅍ」發類似注音「ㄆ」的音，發音時需送氣。
韓語母音「ㅓ」發類似注音「ㄛ」的音。

串聯例句

中文	韓文
我們一起去超市吧。	같이 슈퍼에 가자. 卡器 思U波耶 卡渣 ga.chi/syu.peo.e/ga.ja
請問超市在哪裡？	슈퍼가 어디에 있어요? 思U波嘎 喔低耶 衣搜呦 syu.peo.ga/eo.di.e/i.sseo.yo
牛奶是在超市買的。	우유는 슈퍼에서 샀어요. 五U能 思U波耶搜 沙搜呦 u.yu.neun/syu.peo.e.seo/sa.sseo.yo

077
1 母音篇
2 子音篇
3 尾音
4 韓語基礎會話
5 韓語基本詞彙

휴가 休假

中文發音	羅馬拼音	寫寫看
呵 U 嘎	hyu.ga	

拼音練習

```
        子音    母音
휴 →  ㅎ  +  ㅠ  =  휴
가 →  ㄱ  +  ㅏ  =  가
```

> ※韓語子音「ㅎ」發類似注音「ㄏ」的音。
> 韓語母音「ㅠ」發類似英文字母「U」的音。
> 韓語子音「ㄱ」不是頭音時，發類似注音「ㄍ」的音。
> 韓語母音「ㅏ」發類似注音「ㄚ」的音。

串聯例句

中文	韓文
明天起就是休假了。	내일부터 휴가예요. 內衣不頭 呵 U 嘎耶呦 nae.il.bu.teo/hyu.ga.ye.yo
你休假要做什麼？	휴가에 뭐 해요? 呵 U 嘎耶 撲 黑呦 hyu.ga.e/mwo/hae.yo
得到了一天的休假。	하루 휴가를 얻었어요. 哈魯 呵 U 嘎惹 喔豆搜呦 ha.ru/hyu.ga.reul/eo.deo.sseo.yo

母音

一

中文發音	×
羅馬拼音	eu
韓文字	으
發音方法	嘴巴稍微張開，舌頭向上顎抬起，嘴唇向兩邊拉開，輕輕發出類似注音「さ」的音。
母音位置	母音位於韓文字的「第二音節」，即，子音的右側或下面。母音「一」位於子音的下面。

動手寫寫看

一			
ㄴ			
ㄷ			
ㅅ			
으			

0 7 9
1 母音篇
2 子音篇
3 尾音
4 韓語基礎會話
5 韓語基本詞彙

그녀　她、那個女人

中文發音	羅馬拼音	寫寫看
科扭	geu.nyeo	

拼音練習

　　　　子音　　母音

그 → ㄱ ＋ ㅡ ＝ 그

녀 → ㄴ ＋ ㅕ ＝ 녀

> ※韓語子音「ㄱ」為頭音時，發類似注音「ㄎ」的音。
> 　韓語母音「ㅡ」發類似注音「ㄜ」的音。
> 　韓語子音「ㄴ」發類似注音「ㄋ」的音。
> 　韓語母音「ㅕ」發類似注音「ㄧㄛ」的音。

串聯例句

中文	韓文
她很漂亮。	그녀는 예쁘다. 科扭能 耶撥打 geu.nyeo.neun/ye.ppeu.da
想起了她。	그녀가 생각난다. 科扭嘎 先嘎難打 geu.nyeo.ga/saeng.gang.nan.da
想見她。	그녀를 보고 싶다. 科扭蔥 波夠 系打 geu.nyeo.reul/ppo.go/sip.tta

치즈 起司、乳酪（cheese）

中文發音	羅馬拼音	寫寫看
氣紫	chi.jeu	

拼音練習

　　　子音　　母音

치 → ㅊ ＋ ㅣ ＝ 치

즈 → ㅈ ＋ ㅡ ＝ 즈

※韓語子音「ㅊ」發音類似注音「ㄘ」的音，發音時需
　送氣。
　韓語母音「ㅣ」發音類似注音「一」的音。
　韓語子音「ㅈ」不是頭音時，發音類似注音「ㄗ」的
　音。
　韓語母音「ㅡ」發音類似注音「さ」的音。

串聯例句

中文	韓文
起司蛋糕	치즈 케이크 氣紫 K 衣可 chi.jeu/ke.i.keu
起司口味	치즈맛 氣紫馬 chi.jeu.mat
起司口味泡麵	치즈 라면 氣紫 拉謬 chi.jeu/ra.myeon

0 8 1

1 母音篇
2 子音篇
3 尾音
4 韓語基礎會話
5 韓語基本詞彙

드라마 連續劇 (drama)

中文發音	羅馬拼音	寫寫看
特拉馬	deu.ra.ma	

拼音練習

子音　　母音

드 → ㄷ ＋ ㅡ ＝ 드
라 → ㄹ ＋ ㅏ ＝ 라
마 → ㅁ ＋ ㅏ ＝ 마

> ※韓語子音「ㄷ」為頭音時，發類似注音「ㄊ」的音。
> 韓語母音「ㅡ」發類似注音「ㄜ」的音。
> 韓語子音「ㄹ」發類似注音「ㄌ」的音。
> 韓語母音「ㅏ」發類似注音「ㄚ」的音。
> 韓語子音「ㅁ」發類似注音「ㄇ」的音。

串聯例句

中文	韓文
在看連續劇。	드라마를 보고 있어요. 特拉馬惹 波夠 衣搜呦 deu.ra.ma.reul/ppo.go/i.sseo.yo
連續劇很有意思。	드라마가 재미있어요. 特拉馬嘎 賊咪衣搜呦 deu.ra.ma.ga/jae.mi.i.sseo.yo
無趣的連續劇。	재미없는 드라마. 賊咪翁能 特拉馬 jae.mi.eom.neun/deu.ra.ma

모르다 不知道、不懂、不認識

中文發音	羅馬拼音	寫寫看
摸了打	mo.reu.da	

拼音練習

子音　　母音

모 → ㅁ ＋ ㅗ ＝ 모

르 → ㄹ ＋ ㅡ ＝ 르

다 → ㄷ ＋ ㅏ ＝ 다

※韓語子音「ㅁ」發類似注音「ㄇ」的音。
　韓語母音「ㅗ」發類似注音「ㄡ」的音。
　韓語子音「ㄹ」發類似注音「ㄌ」的音。
　韓語母音「ㅡ」發類似注音「ㄜ」的音。
　韓語子音「ㄷ」不是頭音時，發類似注音「ㄅ」的音。
　韓語母音「ㅏ」發類似注音「ㄚ」的音。

串聯例句

中文	韓文
我不知道。	저는 몰라요. 醜能 摸兒拉呦 jeo.neun/mol.la.yo
不知道。	모르겠습니다. 摸了給森你打 mo.reu.get.sseum.ni.da
我不認識那個人。	그 사람을 모릅니다. 可 沙拉悶 摸冷你打 geu/sa.ra.meul/mo.reum.ni.da

크리스마스 聖誕節（Christmas）		
中文發音	羅馬拼音	寫寫看
可里思馬思	keu.ri.seu.ma.seu	

拼音練習

子音　　母音

ㅋ → ㅋ ＋ ㅡ ＝ 크
리 → ㄹ ＋ ㅣ ＝ 리
스 → ㅅ ＋ ㅡ ＝ 스
마 → ㅁ ＋ ㅏ ＝ 마
스 → ㅅ ＋ ㅡ ＝ 스

※韓語子音「ㅋ」發音類似注音「ㄎ」的音，發音時需送氣。
　韓語母音「ㅡ」發音類似注音「ㄜ」的音。
　韓語子音「ㄹ」發音類似注音「ㄌ」的音。
　韓語母音「ㅣ」發音類似注音「一」的音。
　韓語子音「ㅅ」發音類似注音「ㄙ」的音。
　韓語子音「ㅁ」發音類似注音「ㄇ」的音。
　韓語母音「ㅏ」發音類似注音「ㄚ」的音。

串聯例句

中文	韓文
聖誕夜	크리스마스 이브
	可里思馬思 衣撥
	keu.ri.seu.ma.seu/i.beu
聖誕節禮物	크리스마스 선물
	可里思馬思 松母兒
	keu.ri.seu.ma.seu/seon.mul

아프다 痛、不舒服

中文發音	羅馬拼音	寫寫看
阿噴打	a.peu.da	

拼音練習

子音　　母音

아 → ㅇ + ㅏ = 아

프 → ㅍ + ㅡ = 프

다 → ㄷ + ㅏ = 다

※韓語子音「ㅇ」放在母音的左側或上面時,不發音。
韓語母音「ㅏ」發類似注音「ㄚ」的音。
韓語子音「ㅍ」發類似注音「ㄆ」的音,發音時需送氣。
韓語母音「ㅡ」發類似注音「ㄜ」的音。
韓語子音「ㄷ」不是頭音時,發類似注音「ㄌ」的音。
韓語母音「ㅏ」發類似注音「ㄚ」的音。

串聯例句

中文	韓文
A 您哪裡不舒服?	어디가 아프세요? 喔低嘎 阿噴誰呦 eo.di.ga/a.peu.se.yo
B 我頭痛。	머리가 아파요. 撲里嘎 阿怕呦 meo.ri.ga/a.pa.yo
肚子很痛。	배가 너무 아파요. 陪嘎 樓母 阿怕呦 bae.ga/neo.mu/a.pa.yo

0
8
5

1 母音篇

2 子音篇

3 尾音

4 韓語基礎會話

5 韓語基本調彙

바쁘다 忙

中文發音	羅馬拼音	寫寫看
怕撥打	ba.ppeu.da	

拼音練習

　　　子音　　母音
바 → ㅂ ＋ ㅏ ＝ 바
쁘 → ㅃ ＋ ㅡ ＝ 쁘
다 → ㄷ ＋ ㅏ ＝ 다

※韓語子音「ㅂ」為頭音時，發類似注音「ㄆ」的音。
　韓語母音「ㅏ」發類似注音「ㄚ」的音。
　韓語子音「ㅃ」發類似注音「ㄅ」的音，要發重音。
　韓語母音「ㅡ」發類似注音「ㄜ」的音。
　韓語子音「ㄷ」不是頭音時，發類似注音「ㄉ」的
　音。

串聯例句

中文	韓文
你現在忙嗎？	지금 바빠요?
	七跟 怕爸呦
	ji.geum/ba.ppa.yo
很忙。	아주 바빠요.
	阿租 怕爸呦
	a.ju/ba.ppa.yo
不忙。	안 바빠요.
	安 怕爸呦
	an/ba.ppa.yo

프로포즈 求婚 (propose)

中文發音	羅馬拼音	寫寫看
噴漏破紫	peu.ro.po.jeu	

拼音練習

子音　　母音

프 → ㅍ ＋ ㅡ ＝ 프
로 → ㄹ ＋ ㅗ ＝ 로
포 → ㅍ ＋ ㅗ ＝ 포
즈 → ㅈ ＋ ㅡ ＝ 즈

※韓語子音「ㅍ」發類似注音「ㄆ」的音，發音時需送氣。
韓語母音「ㅡ」發類似注音「ㄜ」的音。
韓語子音「ㄹ」發類似注音「ㄌ」的音。
韓語母音「ㅗ」發類似注音「ㄡ」的音。
韓語子音「ㅈ」不是頭音時，發類似注音「ㄗ」的音。

串聯例句

中文	韓文
我想求婚。	프로포즈를 하고 싶어요. 噴漏破紫惹 哈溝 西波呦 peu.ro.po.jeu.reul/ha.go/si.peo.yo
我被求婚了。	프로포즈를 받았어요. 噴漏破紫惹 怕打搜呦 peu.ro.po.jeu.reul/ppa.da.sseo.yo
求婚戒指	프로포즈 반지 噴漏破紫 盤擠 peu.ro.po.jeu/ban.ji

母 音

ㅣ

中文發音	一
羅馬拼音	i
韓 文 字	이
發音方法	嘴巴稍微張開，嘴唇向兩邊拉開，發出類似中文「一」的音。
母音位置	母音位於韓文字的「第二音節」，即，子音的右側或下面。母音「ㅣ」位於子音的右側。

動手寫寫看

ㅣ			
기			
니			
디			
이			

이따가 等一下、等一會

中文發音	羅馬拼音	寫寫看
衣打嘎	i.tta.ga	

拼音練習

子音　　母音

이 → ○ + ㅣ = 이

따 → ㄸ + ㅏ = 따

가 → ㄱ + ㅏ = 가

※韓語子音「○」放在母音的左側或上面時，不發音。
韓語母音「ㅣ」發類似注音「ㄧ」的音。
韓語子音「ㄸ」發類似注音「ㄉ」的音，要發重音。
韓語母音「ㅏ」發類似注音「ㄚ」的音。
韓語子音「ㄱ」不是頭音時，發類似注音「ㄍ」的音。

串聯例句

中文	韓文
待會見。	이따가 봐요. 衣打嘎 怕呦 i.tta ga/bwa.yo
我等一下會再來。	이따가 다시 올 거예요. 衣打嘎 他西 歐兒 溝耶呦 i.tta.ga/da.si/ol/geo.ye.yo
我等一下過去。	이따가 갈게요. 衣打嘎 卡兒給呦 i.tta.ga/gal.kke.yo

기회 機會、機遇

中文發音	羅馬拼音	寫寫看
基毀	gi.hoe	

拼音練習

```
      子音    母音
기 → ㄱ + ㅣ = 기
회 → ㅎ + ㅚ = 회
```

※韓語子音「ㄱ」為頭音時，發類似注音「ㄎ」的音。
  韓語母音「ㅣ」發類似注音「ㅡ」的音。
  韓語子音「ㅎ」發類似注音「ㄏ」的音。
  韓語母音「ㅚ」發類似注音「ㄨㄟ」的音。

串聯例句

中文	韓文
機會很多。	기회가 많아요. 基毀嘎 馬那呦 gi.hoe.ga/ma.na.yo
沒有機會。	기회가 없어요. 基毀嘎 喔不搜呦 gi.hoe.ga/eop.sseo.yo
好機會。	좋은 기회 醜恩 基毀 jo.eun/gi.hoe

디자이너 設計師（designer）

中文發音	羅馬拼音	寫寫看
低渣衣樓	di.ja.i.neo	

拼音練習

子音　　母音

ㄷ → ㄷ + ㅣ = 디
자 → ㅈ + ㅏ = 자
이 → ㅇ + ㅣ = 이
너 → ㄴ + ㅓ = 너

※韓語子音「ㄷ」為頭音時，發類似注音「ㄊ」的音。
韓語母音「ㅣ」發類似注音「一」的音。
韓語子音「ㅈ」不是頭音時，發類似注音「ㄗ」的音。
韓語母音「ㅏ」發類似注音「ㄚ」的音。
韓語子音「ㅇ」放在母音的左側或上面時，不發音。
韓語子音「ㄴ」發類似注音「ㄋ」的音。
韓語母音「ㅓ」發類似注音「ㄛ」的音。

串聯例句

中文	韓文
我是設計師。	저는 디자이너입니다. 醜能 低渣衣樓影你打 jeo.neun/di.ja.i.neo.im.ni.da
我不是設計師。	나는 디자이너가 아니에요. 那能 低渣衣樓嘎 阿你耶呦 na.neun/di.ja.i.neo.ga/a.ni.e.yo
時裝設計師	패션 디자이너 佩兄 低渣衣樓 pae.syeon/di.ja.i.neo

요리사 廚師

中文發音	羅馬拼音	寫寫看
呦里沙	yo.ri.sa	

拼音練習

　　　子音　　母音

요 → ㅇ ＋ ㅛ ＝ 요

리 → ㄹ ＋ ㅣ ＝ 리

사 → ㅅ ＋ ㅏ ＝ 사

※韓語子音「ㅇ」放在母音的左側或上面時，不發音。
　韓語母音「ㅛ」發類似注音「ㄧㄡ」的音。
　韓語子音「ㄹ」發類似注音「ㄌ」的音。
　韓語母音「ㅣ」發類似注音「ㄧ」的音。
　韓語子音「ㅅ」發類似注音「ㄙ」的音。
　韓語母音「ㅏ」發類似注音「ㄚ」的音。

串聯例句

中文	韓文
父親是廚師。	아버지는 요리사입니다. 阿撥幾能 呦里沙影你打 a.beo.ji.neun/yo.ri.sa.im.ni.da
知名廚師	유명한 요리사 U 謬憨 呦里沙 yu.myeong.han/yo.ri.sa
韓式料理廚師	한식 요리사 憨系 呦里沙 han.sik/yo.ri.sa

미래 _{未來}

中文發音	羅馬拼音	寫寫看
咪累	mi.rae	

拼音練習

子音　　母音

미 → ㅁ ＋ ㅣ ＝ 미
래 → ㄹ ＋ ㅐ ＝ 래

※韓語子音「ㅁ」發類似注音「ㄇ」的音。
　韓語母音「ㅣ」發類似注音「ㄧ」的音。
　韓語子音「ㄹ」發類似注音「ㄌ」的音。
　韓語母音「ㅐ」發類似注音「ㄝ」的音，嘴型較大。

串聯例句

中文	韓文
好的未來	좋은 미래 醜恩 咪累 jo.eun/mi.rae
漆黑的未來	캄캄한 미래 乾乾憨 咪累 kam.kam.han/mi.rae
未來的希望	미래의 희망 咪累耶 西莽 mi.rae.ui/hi.mang

0
9
3

1 母音篇
2 子音篇
3 尾音
4 韓語基礎會話
5 韓語基本調彙

비 雨

中文發音	羅馬拼音	寫寫看
痞	bi	

拼音練習

子音　母音
ㅂ → ㅂ ＋ ㅣ ＝ 비

※韓語子音「ㅂ」為頭音時，發類似注音「ㄆ」的音。
　韓語母音「ㅣ」發類似注音「一」的音。

串聯例句

中文	韓文
下雨。	비가 와요.
	痞嘎 哇呦
	bi.ga/wa.yo
雨停了。	비가 그쳤어요.
	痞嘎 可秋搜呦
	bi.ga/geu.cheo.sseo.yo
正在下雨。	비가 오고 있어요.
	痞嘎 歐夠 衣搜呦
	bi.ga/o.go/i.sseo.yo

소시지 香腸（sausage）

中文發音	羅馬拼音	寫寫看
嗽西擠	so.si.ji	

拼音練習

子音　母音

소 → ㅅ ＋ ㅗ ＝ 소
시 → ㅅ ＋ ㅣ ＝ 시
지 → ㅈ ＋ ㅣ ＝ 지

※韓語子音「ㅅ」發類似注音「ㄙ」的音。
　韓語母音「ㅗ」發類似注音「ㄡ」的音。
　韓語子音「ㅅ」右側的母音為「ㅣ」時，發類似注
　音「ㄒ」的音。
　韓語母音「ㅣ」發類似注音「一」的音。
　韓語子音「ㅈ」不是頭音時，發類似注音「ㄐ」的
　音。

串聯例句

中文	韓文
香腸不好吃。	소시지가 맛없어요. 嗽西擠嘎 馬豆不搜呦 so.si.ji.ga/ma.deop.sseo.yo
請給我香腸。	소시지를 주세요. 嗽西擠惹 租誰呦 so.si.ji.reul/jju.se.yo
香腸和漢堡	소시지하고 햄버거 嗽西擠哈夠 黑撥狗 so.si.ji.ha.go/haem.beo.geo

커피	咖啡（coffee）	
中文發音	羅馬拼音	寫寫看
扣屁	keo.pi	

拼音練習

```
        子音    母音
커 → ㅋ  +  ㅓ  =  커
피 → ㅍ  +  ㅣ  =  피
```

※韓語子音「ㅋ」發類似注音「ㄎ」的音，發音時需
　送氣。
　韓語母音「ㅓ」發類似注音「ㄛ」的音。
　韓語子音「ㅍ」發類似注音「ㄆ」的音，發音時需
　送氣。
　韓語母音「ㅣ」發類似注音「ㄧ」的音。

串聯例句

中文	韓文
請給我一杯咖啡。	커피 한 잔 주세요. 扣屁 憨 髒 租誰呦 keo.pi/han/jan/ju.se.yo
請給我熱咖啡。	따뜻한 커피를 주세요. 大的攤 扣屁惹 租誰呦 tta.tteu.tan/keo.pi.reul/jju.se.yo
請給我冰咖啡。	아이스커피를 주세요. 阿衣思扣屁惹 租誰呦 a.i.seu.keo.pi.reul/jju.se.yo

지도 地圖

中文發音	羅馬拼音	寫寫看
起抖	ji.do	

拼音練習

子音　　母音

지 → ㅈ + ㅣ = 지
도 → ㄷ + ㅗ = 도

※韓語子音「ㅈ」為頭音時，發類似注音「ㄘ」的音。
韓語母音「ㅣ」發類似注音「ㄧ」的音。
韓語子音「ㄷ」不是頭音時，發類似注音「ㄉ」的音。
韓語母音「ㅗ」發類似注音「ㄡ」的音。

串聯例句

中文	韓文
畫地圖。	지도를 그려요. 起抖惹 可六呦 ji.do.reul/kkeu.ryeo.yo
世界地圖	세계 지도 誰給 起抖 se.gye/ji.do
觀光導覽地圖	관광 안내 지도 狂光 案內 起抖 gwan.gwang/an.nae/ji.do

母音

ㅐ

中文發音	×
羅馬拼音	ae
韓 文 字	애
發音方法	嘴巴張開，舌頭頂住下齒，發出類似注音「ㄝ」的音。
母音位置	母音位於韓文字的「第二音節」，即，子音的右側或下面。母音「ㅐ」位於子音的右側。

動手寫寫看

ㅐ			
개			
내			
래			
대			

개 狗

中文發音	羅馬拼音	寫寫看
×	gae	

拼音練習

```
      子音   母音
개 → ㄱ + ㅐ = 개
```

※韓語子音「ㄱ」為頭音時，發類似注音「ㄎ」的音。
　韓語母音「ㅐ」發類似注音「ㄝ」的音，嘴型較大。

串聯例句

中文	韓文
那裡有狗。	저기에 개가 있어요. 醜 gi 耶 K 嘎 衣 搜呦 jeo.gi.e/gae.ga/i.sseo.yo
十隻狗。	개 열 마리. K 呦兒 馬里 gae/yeol/ma.ri
狗和貓。	개하고 고양이. K 哈夠 ㄇ羊衣 gae.ha.go/go.yang.i

아내 妻子、老婆

中文發音	羅馬拼音	寫寫看
阿內	a.nae	

拼音練習

```
       子音    母音
아 → ㅇ + ㅏ = 아
내 → ㄴ + ㅐ = 내
```

> ※韓語子音「ㅇ」放在母音的左側或上面時，不發音。
> 　韓語母音「ㅏ」發類似注音「ㄚ」的音。
> 　韓語子音「ㄴ」發類似注音「ㄋ」的音。
> 　韓語母音「ㅐ」發類似注音「ㄝ」的音，嘴型較大。

串聯例句

中文	韓文
我的老婆是公司職員。	제 아내는 회사원입니다. 賊 阿內能 揮沙我您你打 je a.nae.neun/hoe.sa.wo.nim.ni.da
今天妻子也來了。	오늘은 아내도 왔어요. 歐呢冷 阿內豆 哇搜呦 o.neu.reun/a.nae.do/wa.sseo.yo
妻子	와이프 哇衣噴 wa.i.peu

배　①船 ②梨子 ③肚子

中文發音	羅馬拼音	寫寫看
陪	bae	

拼音練習

　　子音　　母音
배 → ㅂ + ㅐ = 배

※韓語子音「ㅂ」為頭音時，發類似注音「ㄆ」的音。
　韓語母音「ㅐ」發類似注音「ㄝ」的音，嘴型較大。

串聯例句

中文	韓文
請給我一個梨子。	배 한 개 주세요. 陪 憨 給 租誰呦 bae/han/gae/ju.se.yo
肚子很痛。	배가 아파요. 陪嘎 阿怕呦 bae.ga/a.pa.yo
肚子餓。	배가 고파요. 陪嘎 夠怕呦 bae.ga/go.pa.yo

101

1 母音篇

2 子音篇

3 尾音

4 韓語基礎會話

5 韓語基本詞彙

새우 蝦子

中文發音	羅馬拼音	寫寫看
誰烏	sae.u	

拼音練習

　　　　子音　母音
새 → ㅅ ＋ ㅐ ＝ 새
우 → ㅇ ＋ ㅜ ＝ 우

> ※韓語子音「ㅅ」發類似注音「ㄙ」的音。
> 　韓語母音「ㅐ」發類似注音「ㄝ」的音，嘴型較大。
> 　韓語子音「ㅇ」放在母音的左側或上面時，不發音。
> 　韓語母音「ㅜ」發類似注音「ㄨ」的音。

串聯例句

中文	韓文
我不能吃蝦子。	저는 새우를 못 먹어요. 醜能 誰烏惹 盟 摸狗呦 jeo.neun/sae.u.reul/mot/meo.geo.yo
我喜歡吃蝦子。	나는 새우를 좋아해요. 那能 誰烏惹 醜阿黑呦 na.neun/sae.u.reul/jjo.a.hae.yo
炸蝦	새우 튀김 誰烏 退金 sae.u/twi.gim

내리다 下車、落下、降下

中文發音	羅馬拼音	寫寫看
累里打	nae.ri.da	

拼音練習

```
        子音    母音
내 →  ㄴ  +  ㅐ  =  내
리 →  ㄹ  +  ㅣ  =  리
다 →  ㄷ  +  ㅏ  =  다
```

> ※韓語子音「ㄴ」發類似注音「ㄋ」的音。
> 韓語母音「ㅐ」發類似注音「ㄝ」的音，嘴型較大。
> 韓語子音「ㄹ」發類似注音「ㄌ」的音。
> 韓語母音「ㅣ」發類似注音「ㄧ」的音。
> 韓語子音「ㄷ」不是頭音時，發類似注音「ㄉ」的音。
> 韓語母音「ㅏ」發類似注音「ㄚ」的音。

串聯例句

中文	韓文
下雨。	비가 내려요.
	匹嘎 累六呦
	bi.ga/nae.ryeo.yo
下雪。	눈이 내립니다.
	努你 累林你打
	nu.ni/nae.rim.ni.da
下了公車。	버스에서 내렸어요.
	撥思A搜 累六搜呦
	beo.seu.e.seo/nae.ryeo.sseo.yo

해 太陽		
中文發音	羅馬拼音	寫寫看
嘿	hae	

拼音練習

子音　母音
해 → ㅎ ＋ ㅐ ＝ 해

※韓語子音「ㅎ」發類似注音「ㄏ」的音。
　韓語母音「ㅐ」發類似注音「ㄝ」的音，嘴型較大。

串聯例句

中文	韓文
太陽升起。	해가 뜹니다. 嘿嘎 燈你打 hae.ga/tteum.ni.da
太陽落下。	해가 집니다. 嘿嘎 親你打 hae.ga/jim.ni.da
太陽出來了。	해가 나왔어요. 嘿嘎 那哇搜呦 hae.ga/na.wa.sseo.yo

캐나다 加拿大（Canada）

中文發音	羅馬拼音	寫寫看
K 那打	kae.na.da	

1 母音篇

2 子音篇

3 尾音

4 韓語基礎會話

5 韓語基本詞彙

拼音練習

子音　　母音

캐 → ㅋ ＋ ㅐ ＝ 캐
나 → ㄴ ＋ ㅏ ＝ 나
다 → ㄷ ＋ ㅏ ＝ 다

※ 韓語子音「ㅋ」發類似注音「ㄅ」的音，發音時需送氣。
韓語母音「ㅐ」發類似注音「ㄝ」的音，嘴型較大。
韓語子音「ㄴ」發類似注音「ㄋ」的音。
韓語母音「ㅏ」發類似注音「ㄚ」的音。
韓語子音「ㄷ」不是頭音時，發類似注音「ㄉ」的音。

串聯例句

中文	韓文
我是加拿大人。	저는 캐나다 사람입니다. 醜能 K 那打 沙拉敏你打 jeo.neun/kae.na.da/sa.ra.mim.ni.da
國籍是加拿大。	국적은 캐나다예요. 苦走跟 K 那打耶呦 guk.jjeo.geun/kae.na.da.ye.yo
現在住在加拿大。	지금 캐나다에서 살아요. 起跟 K 那打 A 搜 沙拉呦 ji.geum/kae.na.da.e.seo/sa.ra.yo

母音

ㅒ

中文發音	耶
羅馬拼音	yae
韓文字	얘
發音方法	母音ㅒ為複合母音，寫法比單母音多了一橫，因此，發音時，先發中文「一」的音，然後迅速接著發出「ㅑ」的音，類似中文「耶」的音。
母音位置	母音位於韓文字的「第二音節」，即，子音的右側或下面。母音「ㅒ」位於子音的右側。

[動手寫寫看]

ㅒ			
얘			
걔			
쟤			

애기하다 講話、說話、談話

中文發音	羅馬拼音	寫寫看
耶 gi 哈打	yae.gi.ha.da	

拼音練習

子音　　母音

애 → ㅇ ＋ ㅐ ＝ 애
기 → ㄱ ＋ ㅣ ＝ 기
하 → ㅎ ＋ ㅏ ＝ 하
다 → ㄷ ＋ ㅏ ＝ 다

※韓語子音「ㅇ」放在母音的左側或上面時，不發音。
　韓語母音「ㅐ」發類似注音「ㄧㄝ」的音，嘴型較大。
　韓語子音「ㄱ」不是頭音時，發類似注音「ㄍ」的音。
　韓語母音「ㅣ」發類似注音「ㄧ」的音。
　韓語子音「ㅎ」發類似注音「ㄏ」的音。
　韓語母音「ㅏ」發類似注音「ㄚ」的音。
　韓語子音「ㄷ」不是頭音時，發類似注音「ㄅ」的音。

串聯例句

中文	韓文
跟我聊聊吧。	나랑 애기하자. 那郎 耶 gi 哈渣 na.rang/yae.gi.ha.ja
我們下次再聊吧。	다음에 애기합시다. 他恩妹 耶 gi 哈不西打 da.eu.me/yae.gi.hap.ssi.da

1
0
7

1 母音篇
2 子音篇
3 尾音
4 韓語基礎會話
5 韓語基本詞彙

母音
ㅔ

中文發音	欸
羅馬拼音	e
韓 文 字	에
發音方法	母音「ㅔ」的嘴形比「ㅐ」還小，舌頭位置也比較高，發出類似注音「ㄝ」的音。
母音位置	母音位於韓文字的「第二音節」，即，子音的右側或下面。母音「ㅔ」位於子音的右側。

動手寫寫看

ㅔ			
게			
네			
세			
에			

네 對、是的、好的

中文發音	羅馬拼音	寫寫看
內	ne	

拼音練習

子音　母音

네 → ㄴ ＋ ㅔ ＝ 네

※韓語子音「ㄴ」發類似注音「ㄋ」的音。
韓語母音「ㅔ」發類似注音「ㄝ」的音，嘴型較小。

串聯例句

中文	韓文
是的，沒錯。	네, 맞아요. 內 馬渣呦 ne//ma.ja.yo
對，沒錯。	네, 그렇습니다. 內 可囉森你打 ne//geu.reo.sseum.ni.da
是的，我明白了。	네, 알겠습니다. 內 阿兒給森你打 ne//al.kket.sseum.ni.da

게 蟹、螃蟹

中文發音	羅馬拼音	寫寫看
✕	ge	

拼音練習

子音　母音
게 → ㄱ ＋ ㅔ ＝ 게

※韓語子音「ㄱ」為頭音時，發類似注音「ㄎ」的音。
　韓語母音「ㅔ」發類似注音「ㄝ」的音，嘴型較小。

串聯例句

中文	韓文
螃蟹往旁邊走路。	게가 옆으로 걸어요. K 嘎 呦噴漏 口囉呦 ge.ga/yeo.peu.ro/geo.reo.yo
四隻螃蟹	게 네 마리 K 內 馬里 ge.ne.ma.ri
巨蟹座	게자리 K 渣里 ge.ja.ri

메뉴 菜單、菜 (menu)

中文發音	羅馬拼音	寫寫看
妹呢U .	me.nyu	

拼音練習

```
        子音    母音
메 →  ㅁ  +  ㅔ  =  메
뉴 →  ㄴ  +  ㅠ  =  뉴
```

> ※韓語子音「ㅁ」發音類似注音「ㄇ」的音。
> 　韓語母音「ㅔ」發音類似注音「ㄝ」的音，嘴型較小。
> 　韓語子音「ㄴ」發音類似注音「ㄋ」的音。
> 　韓語母音「ㅠ」發音類似英文字母「U」的音。

串聯例句

中文	韓文
菜色很多。	메뉴가 많아요. 妹呢U 嘎 馬那呦 mae.nyu.ga/ma.na.yo
請給我看菜單。	메뉴 좀 보여 주세요. 妹呢U 宗 波呦 租誰呦 me.nyu/jom/bo.yeo/ju.se.yo
今天的菜單是拌飯。	오늘의 메뉴는 비빔밥입니다. 歐呢累 妹呢U 能 匹賓爸餅你打 o.neu.rui/me.nyu.ncun/bi.bim.ba. bim.ni.da

체조 體操		
中文發音	羅馬拼音	寫寫看
賊揍	che.jo	

拼音練習

```
      子音    母音
체 → ㅊ + ㅔ = 체
조 → ㅈ + ㅗ = 조
```

※韓語子音「ㅊ」發類似注音「ㄘ」的音，發音時需
送氣。
韓語母音「ㅔ」發類似注音「ㄝ」的音，嘴型較小。
韓語子音「ㅈ」不是頭音時，發類似注音「ㄗ」的
音。
韓語母音「ㅗ」發類似注音「ㄡ」的音。

串聯例句

中文	韓文
我是體操選手。	저는 체조 선수입니다.
	醜能 賊揍 松酥影你打
	jeo.neun/che.jo/seon.su.im.ni.da
大家一起做體操吧。	다 같이 체조를 합시다.
	他卡器 賊揍惹 哈不西打
	da/ga.chi/che.jo.reul/hap.ssi.da
早操	아침 체조
	阿親 賊揍
	a.chim/che.jo

테니스 網球 (tennis)

中文發音	羅馬拼音	寫寫看
貼你思	te.ni.seu	

❶❶❸

拼音練習

子音　母音

테 → ㅌ ＋ ㅔ ＝ 테
니 → ㄴ ＋ ㅣ ＝ 니
스 → ㅅ ＋ ㅡ ＝ 스

※韓語子音「ㅌ」發類似注音「ㄊ」的音，發音時需送氣。
韓語母音「ㅔ」發類似注音「ㄝ」的音，嘴型較小。
韓語子音「ㄴ」發類似注音「ㄋ」的音。
韓語母音「ㅣ」發類似注音「一」的音。
韓語子音「ㅅ」發類似注音「ㄙ」的音。
韓語母音「ㅡ」發類似注音「ㄜ」的音。

串聯例句

中文	韓文
一起打網球吧。	같이 테니스를 칩시다. 卡器 貼你思惹 七不西打 ga.chi/te.ni.seu.reul/chip.ssi.da
我不會打網球。	저는 테니스를 못해요. 醜能 貼你思惹 摸貼呦 jeo.neun/te.ni.seu.reul/mo.tae.yo
我想學網球。	테니스를 배우고 싶어요. 貼你思惹 陪午夠 西波呦 te.ni.seu.reul/ppae.u.go/si.peo.yo

페이지 頁、面（page）

中文發音	羅馬拼音	寫寫看
配衣擠	pe.i.ji	

拼音練習

　　子音　　母音

페 → ㅍ ＋ ㅔ ＝ 페

이 → ㅇ ＋ ㅣ ＝ 이

지 → ㅈ ＋ ㅣ ＝ 지

※韓語子音「ㅍ」發類似注音「ㄆ」的音，發音時需送氣。

韓語母音「ㅔ」發類似注音「ㄝ」的音，嘴型較小。

韓語子音「ㅇ」放在母音的左側或上面時，不發音。

韓語母音「ㅣ」發類似注音「一」的音。

韓語子音「ㅈ」不是頭音時，發類似注音「ㆍㄗ」的音。

串聯例句

中文	韓文
A 第幾頁呢？	몇 페이지예요?
	謬 配衣擠耶呦
	myeot/pe.i.ji.ye.yo
B 第十頁。	십 페이지예요.
	系 配衣擠耶呦
	sip/pe.i.ji.ye.yo
前一頁	앞 페이지
	阿不 配衣擠
	ap/pe.i.ji

母音

ㅖ

中文發音	耶
羅馬拼音	ye
韓 文 字	예
發音方法	母音 ㅖ 為複合母音，寫法比單母音多了一橫，因此，發音時，先發中文「一」的音，然後迅速接著發出「ㅔ」的音，類似中文「耶」的音。母音「ㅖ」左側的子音是「ㅇ」時，才念「ㅖ」。如果左側的子音不是「ㅇ」時，大多都念「ㅔ」的音。
母音位置	母音位於韓文字的「第二音節」，即，子音的右側或下面。母音「ㅖ」位於子音的右側。

動手寫寫看

ㅖ			
예			
계			
혜			
폐			

예수	耶穌		
中文發音	羅馬拼音	寫寫看	

耶穌　　　ye.su

拼音練習

　　　子音　　母音
예 → ㅇ ＋ ㅖ ＝ 예
수 → ㅅ ＋ ㅜ ＝ 수

> ※韓語子音「ㅇ」放在母音的左側或上面時，不發音。
> 　韓語母音「ㅖ」發類似注音「一ㄝ」的音，嘴型較小。
> 　韓語子音「ㅅ」發類似注音「ㄙ」的音。
> 　韓語母音「ㅜ」發類似注音「ㄨ」的音。

串聯例句

中文	韓文
我信耶穌。	저는 예수님을 믿습니다. 醜能 耶穌你悶 密森你打 jeo.neun/ye.su.ni.meul/mit.sseum.ni.da
耶穌是很重要的人。	예수님은 중요한 분이십니다. 耶穌你悶 尊呦憨 不你心你打 ye.su.ni.meun/jung.yo.han/bu.ni.sim.ni.da
耶穌基督	예수 그리스도 耶穌 可里斯斗 ye.su/geu.ri.seu.do

시계　時鐘、錶

中文發音	羅馬拼音	寫寫看
西給	si.gye	

拼音練習

```
        子音　母音
시 → ㅅ + ㅣ = 시
계 → ㄱ + ㅖ = 계
```

> ※韓語子音「ㅅ」右側的母音為「ㅣ」時，發類似注
> 音「ㄒ」的音。
> 韓語母音「ㅣ」發類似注音「一」的音。
> 韓語子音「ㄱ」不是頭音時，發類似注音「ㄍ」的
> 音。
> 韓語母音「ㅖ」左側的子音為「ㄱ」時，發母音
> 「ㅖ」的音。

串聯例句

中文	韓文
壁鐘	벽시계 噴又西給 byeok.ssi.gye
手錶	손목시계 松末西給 son.mok.ssi.gye
鬧鐘	알람시계 阿兒郎西給 al.lam.si.gye

폐	①麻煩、打擾 ② (身體器官) 肺	
中文發音	羅馬拼音	寫寫看
配	pye	

拼音練習

　　　子音　母音
폐 → ㅍ ＋ ㅖ ＝ 폐

> ※韓語子音「ㅍ」發類似注音「ㄆ」的音，發音時需
> 　送氣。
> 　韓語母音「ㅖ」左側的子音為「ㅍ」時，發母音
> 　「ㅖ」的音。

串聯例句

中文	韓文
打擾您了。	폐를 끼쳤습니다. 配惹 gi 秋森你打 pye.reul/kki.cheot.sseum.ni.da
很抱歉給您添 麻煩了。	폐를 끼쳐서 죄송합니다. 配惹 gi 秋搜 催松憨你打 pye.reul/kki.cheo.seo/joe.song.ham. ni.da
肺炎	폐염 配泳 pye.yeom

지혜 智慧

中文發音	羅馬拼音	寫寫看
七黑	ji.hye	

拼音練習

子音　　母音

지 → ㅈ ＋ ㅣ ＝ 지

혜 → ㅎ ＋ ㅖ ＝ 혜

※韓語子音「ㅈ」為頭音時，發類似注音「ㄘ」的音。

　韓語母音「ㅣ」發類似注音「ㄧ」的音。

　韓語子音「ㅎ」發類似注音「ㄏ」的音。

　韓語母音「ㅖ」左側的子音為「ㅎ」時，發母音
　「ㅔ」的音。

串聯例句

中文	韓文
有智慧的人	지혜가 있는 사람 七黑嘎 影能 沙郎 ji.hye.ga/in.neun/sa.ram
絞盡腦汁	지혜를 짜다 七黑惹 渣打 ji.hye.reul/jja.da
生活的智慧	생활의 지혜 先花累 七黑 saeng.hwa.rui/ji.hye

母音
ㅘ

中文發音	哇
羅馬拼音	wa
韓文字	와
發音方法	母音ㅘ為複合母音，發音時，先發「ㅗ」的音，然後迅速接著發出「ㅏ」的音，類似中文「哇」的音。
母音位置	母音位於韓文字的「第二音節」，即，子音的右側或下面。母音「ㅘ」位於子音的下面。

動手寫寫看

ㅘ			
와			
과			
봐			
화			

와이셔츠 襯衫

中文發音	羅馬拼音	寫寫看
哇衣休資	wa.i.syeo.cheu	

拼音練習

子音　　母音

와 → ㅇ ＋ ㅘ ＝ 와
이 → ㅇ ＋ ㅣ ＝ 이
셔 → ㅅ ＋ ㅕ ＝ 셔
츠 → ㅊ ＋ ㅡ ＝ 츠

※韓語子音「ㅇ」放在母音的左側或上面時，不發音。
韓語母音「ㅘ」發音類似注音「ㄨㄚ」的音。
韓語母音「ㅣ」發音類似注音「一」的音。
韓語子音「ㅅ」發音類似注音「ㅜ」的音。
韓語母音「ㅕ」發音類似注音「一ㆆ」的音。
韓語子音「ㅊ」發音類似注音「ㄘ」的音，發音時需送氣。
韓語母音「ㅡ」發音類似注音「ㆆ」的音。

串聯例句

中文	韓文
穿了襯衫。	와이셔츠를 입었어요. 哇衣休資蔥 衣撥搜呦 wa.i.syeo.cheu.reul/i.beo.sseo.yo
買了一件襯衫。	와이셔츠 하나 샀어요. 哇衣休資 哈那 沙搜呦 wa.i.syeo.cheu/ha.na/sa.sseo.yo

과자 餅乾、點心、糕點、零食		
中文發音	羅馬拼音	寫寫看
誇渣	gwa.ja	

拼音練習

子音　　母音

과 → ㄱ + ㅘ = 과

자 → ㅈ + ㅏ = 자

※韓語子音「ㄱ」為頭音時，發音似注音「ㄎ」的音。
　韓語母音「ㅘ」發類似注音「ㄨㄚ」的音。
　韓語子音「ㅈ」不是頭音時，發類似注音「ㄗ」的音。
　韓語母音「ㅏ」發類似注音「ㄚ」的音。

串聯例句

中文	韓文
家裡有很多零食。	집에 과자가 많아요. 擠背 誇渣嘎 馬那呦 ji.be/gwa.ja.ga/ma.na.yo
小孩喜歡吃餅乾。	아이가 과자를 좋아해요. 阿衣嘎 誇渣惹 醜阿黑呦 a.i.ga/gwa.ja.reul/jjo.a.hae.yo
我吃了很多餅乾。	과자를 많이 먹었어요. 誇渣惹 馬你 摸狗搜呦 gwa.ja.reul/ma.ni/meo.geo.sseo.yo

화가 畫家

中文發音	羅馬拼音	寫寫看
花嘎	hwa.ga	

拼音練習

子音　母音
화 → ㅎ ＋ ㅘ ＝ 화
가 → ㄱ ＋ ㅏ ＝ 가

> ※韓語子音「ㅎ」發類似注音「ㄏ」的音。
> 韓語母音「ㅘ」發類似注音「ㄨㄚ」的音。
> 韓語子音「ㄱ」不是頭音時，發類似注音「ㄍ」的音。
> 韓語母音「ㅏ」發類似注音「ㄚ」的音。

串聯例句

中文	韓文
我是畫家。	저는 화가입니다. 醜能 花嘎影你打 jeo.neun/hwa.ga.im.ni.da
那位畫家很有名。	그 화가는 아주 유명해요. 可 花嘎能 阿租U 謬黑呦 geu/hwa.ga.neun/a.ju/yu.myeong. hae.yo
西洋畫家。	서양 화가 搜洋 花嘎 seo.yang/hwa.ga

❶
❷
❸

❶ 母音篇
❷ 子音篇
❸ 尾音
❹ 韓語基礎會話
❺ 韓語基本詞彙

母音

ㅚ

中文發音	為
羅馬拼音	wae
韓 文 字	왜
發音方法	母音ㅚ為複合母音，發音時，先發「ㅗ」的音，然後迅速接著發出「ㅐ」的音，嘴形較大，類似注音「ㄨㄝ」的音。
母音位置	母音位於韓文字的「第二音節」，即，子音的右側或下面。母音「ㅚ」位於子音的下面。

動手寫寫看

ㅚ			
왜			
돼			

왜요? 為什麼？

中文發音	羅馬拼音	寫寫看
為呦	wae.yo	

拼音練習

　　　　子音　　母音

왜 → ㅇ ＋ ㅙ ＝ 왜

요 → ㅇ ＋ ㅛ ＝ 요

※韓語子音「ㅇ」放在母音的左側或上面時，不發音。
　韓語母音「ㅙ」發類似注音「ㄨㄝ」的音。
　韓語母音「ㅛ」發類似注音「一ㄡ」的音。

串聯例句

中文	韓文
⒜ 我不吃晚餐。	난 저녁을 안 먹어요. 男 醜妞哥 安 摸狗呦 nan/jeo.nyeo.geul/an/meo.geo.yo
⒝ 為什麼？	왜요? 為呦 wae.yo
⒜ 我最近在減肥。	요즘 다이어트를 해요. 呦贈 他衣喔特慧 黑呦 yo.jeum/da.i.eo.teu.reul/hae.yo

①
②
⑤

①
母
音
篇

②
子
音
篇

③
尾
音

④
韓
語
基
礎
會
話

⑤
韓
語
基
本
詞
彙

돼지 豬

中文發音	羅馬拼音	寫寫看
腿擠	dwae.ji	

拼音練習

```
     子音    母音
돼 → ㄷ + ㅙ = 돼
지 → ㅈ + ㅣ = 지
```

> ※韓語子音「ㄷ」為頭音時，發類似注音「ㄊ」的音。
>   韓語母音「ㅙ」發類似注音「ㄨㄝ」的音。
>   韓語子音「ㅈ」不是頭音時，發類似注音「ㄗ」的音。
>   韓語母音「ㅣ」發類似注音「一」的音。

串聯例句

中文	韓文
可愛的豬。	귀여운 돼지. 揆呦溫 腿擠 gwi.yeo.un/dwae.ji
豬胖胖的。	돼지가 뚱뚱해요. 腿擠嘎 蹲蹲黑呦 dwae.ji.ga/ttung.ttung.hae.yo
豬肉	돼지고기 腿擠夠個衣 dwae.ji.go.gi

母音

ㅚ

中文發音	為
羅馬拼音	oe
韓文字	외
發音方法	發音時，嘴形和舌頭位置基本上與「ㅔ」相同，發出類似注音「ㄨㄝ」的音。
母音位置	母音位於韓文字的「第二音節」，即，子音的右側或下面。母音「ㅚ」位於子音的下面。

動手寫寫看

ㅚ			
외			
괴			
되			
회			

❶
❷
❼

❶ 母音篇

❷ 子音篇

❸ 尾音

❹ 韓語基礎會話

❺ 韓語基本單彙

외투 外套

中文發音	羅馬拼音	寫寫看
為吐	oe.tu	

拼音練習

　　　子音　　母音

외 → ㅇ ＋ ㅚ ＝ 외

투 → ㅌ ＋ ㅜ ＝ 투

> ※韓語子音「ㅇ」放在母音的左側或上面時，不發音。
> 　韓語母音「ㅚ」發類似注音「ㄨㄝ」的音。
> 　韓語子音「ㅌ」發類似注音「ㄊ」的音，發音時需
> 　送氣。
> 　韓語母音「ㅜ」發類似注音「ㄨ」的音。

串聯例句

中文	韓文
請穿外套。	외투를 입으세요.
	為吐惹 衣撥誰呦
	oe.tu.reul/i.beu.se.yo
紅色的外套	빨간색 외투
	爸兒嘎誰 為吐
	ppal.kkan.saek/oe.tu
外套一件多少錢？	외투 한 벌에 얼마예요?
	為吐 憨 撥累 喔兒馬耶呦
	oe.tu/han/beo.re/eol.ma.ye.yo

요괴　妖怪、怪物

中文發音	羅馬拼音	寫寫看
呦鬼	yo.goe	

拼音練習

　　　子音　　母音
요 → ㅇ ＋ ㅛ ＝ 요
괴 → ㄱ ＋ ㅚ ＝ 괴

※韓語子音「ㅇ」放在母音的左側或上面時，不發音。
韓語母音「ㅛ」發類似注音「一ㄡ」的音。
韓語子音「ㄱ」不是頭音時，發類似注音「ㄍ」的音。
韓語母音「ㅚ」發類似注音「ㄨㄝ」的音。

串聯例句

中文	韓文
妖怪出現了。	요괴가 나왔어요. 呦鬼嘎 那哇搜呦 yo.goe.ga/na.wa.sseo.yo
我怕妖怪。	저는 요괴가 무서워요. 醜能 呦鬼嘎 母搜我呦 jeo.neun/yo.goe.ga/mu.seo.wo.yo
那不是妖怪。	그건 요괴가 아니에요. 可拱 呦鬼嘎 阿你耶呦 geu.geon/yo.goe.ga/a.ni.e.yo

교회 教會		
中文發音	羅馬拼音	寫寫看
可又悔	gyo.hoe	

拼音練習

　　　子音　　母音
교 → ㄱ ＋ ㅛ ＝ 교
회 → ㅎ ＋ ㅚ ＝ 회

※韓語子音「ㄱ」為頭音時，發類似注音「ㄎ」的音。
　韓語母音「ㅛ」發類似注音「ㄧㄡ」的音。
　韓語子音「ㅎ」發類似注音「ㄏ」的音。
　韓語母音「ㅚ」發類似注音「ㄨㄟ」的音。

串聯例句

中文	韓文
我上教會。	저는 교회에 다녀요. 醜能 可又悔 A 他妞呦 jeo.neun/gyo.hoe.e/da.nyeo.yo
這附近有教會。	이 근처에 교회가 있어요. 衣 肯醜耶 可又悔嘎 衣搜呦 i/geun.cheo.e/gyo.hoe.ga/i.sseo.yo
我周末去了教會。	주말에 교회에 갔어요. 主馬累 可又悔 A 卡搜呦 ju.ma.re/gyo.hoe.e/ga.sseo.yo

최고 最高、最厲害、最棒

中文發音	羅馬拼音	寫寫看
脆夠	choe.go	

拼音練習

	子音		母音		
최 →	ㅊ	+	ㅚ	=	최
고 →	ㄱ	+	ㅗ	=	고

※韓語子音「ㅊ」發類似注音「ㄘ」的音，發音時需送氣。
韓語母音「ㅚ」發類似注音「ㄨㄝ」的音。
韓語子音「ㄱ」不是頭音時，發類似注音「ㄍ」的音。
韓語母音「ㅗ」發類似注音「ㄡ」的音。

串聯例句

中文	韓文
這個最棒。	이건 최고예요. 衣拱 脆夠耶喲 i.geon/choe.go.ye.yo
果然啤酒配炸雞最棒啊！	역시 맥주에는 치킨이 최고야. 又系 妹住 A 能 氣 ki 銀衣 脆夠呀 yeok.ssi/maek.jju.e.neun/chi.ki.ni/choe.go.ya
最高記錄	최고기록 脆夠 gi 漏 choe.go.gi.rok

母音
ㅞ

中文發音	味
羅馬拼音	we
韓 文 字	웨
發音方法	母音ㅞ為複合母音，發音時，先發「ㅜ」的音，然後迅速接著發出「ㅔ」的音，發出類似注音「ㄨㄝ」的音。
母音位置	母音位於韓文字的「第二音節」，即，子音的右側或下面。母音「ㅞ」位於子音的下面。

動手寫寫看

ㅞ			
웨			
궤			

스웨터 毛衣、毛線衣 (sweater)

中文發音	羅馬拼音	寫寫看
思微投	seu.we.teo	

拼音練習

子音　　母音

스 → ㅅ ＋ ㅡ ＝ 스
웨 → ㅇ ＋ ㅔ ＝ 웨
터 → ㅌ ＋ ㅓ ＝ 터

※韓語子音「ㅅ」發類似注音「ㄙ」的音。
　韓語母音「ㅡ」發類似注音「ㄜ」的音。
　韓語子音「ㅇ」放在母音的左側或上面時，不發音。
　韓語母音「ㅔ」發類似注音「ㄨㄝ」的音。
　韓語子音「ㅌ」發類似注音「ㄊ」的音，發音時需
　送氣。
　韓語母音「ㅓ」發類似注音「ㄛ」的音。

串聯例句

中文	韓文
哪裡有賣毛線衣？	어디서 스웨터를 팔아요? 喔低搜 思微投惹 怕啦呦 eo.di.seo/seu.we.teo.reul/pa.ra.yo
天氣冷，所以穿上了毛衣。	추워서 스웨터를 입었어요. 粗我搜 思微投惹 衣波搜呦 chu.wo.seo/seu.we.teo.reul/i.beo. sseo.yo
我不穿毛衣。	난 스웨터를 안 입어요. 男 思微投惹 安 衣波呦 nan/seu.we.teo.reul/an/i.beo.yo

母音 ㅟ

中文發音	窩
羅馬拼音	wo
韓文字	워
發音方法	母音ㅝ為複合母音，發音時，先發「ㅜ」的音，然後迅速接著發出「ㅓ」的音，發出類似注音「ㄨㄛ」的音。
母音位置	母音位於韓文字的「第二音節」，即，子音的右側或下面。母音「ㅝ」位於子音的下面。

[動手寫寫看]

궈			
워			
궈			
둬			
줘			

고마워요 謝謝

中文發音	羅馬拼音	寫寫看
口馬窩呦	kko.ma.wo.yo	

拼音練習

		子音		母音		
고	→	ㄱ	+	ㅗ	=	고
마	→	ㅁ	+	ㅏ	=	마
워	→	ㅇ	+	ㅝ	=	워
요	→	ㅇ	+	ㅛ	=	요

※韓語子音「ㄱ」為頭音時，發類似注音「ㄎ」的音。
韓語母音「ㅗ」發類似注音「ㄡ」的音。
韓語子音「ㅁ」發類似注音「ㄇ」的音。
韓語母音「ㅏ」發類似注音「ㄚ」的音。
韓語子音「ㅇ」放在母音的左側或上面時，不發音。
韓語母音「ㅝ」發類似注音「ㄨㄛ」的音。
韓語母音「ㅛ」發類似注音「ㄧㄡ」的音。

串聯例句

中文	韓文
真的謝謝你。	정말 고마워요. 寵馬兒 口馬窩呦 jeong.mal/kko.ma.wo.yo
真心感謝你。	전심으로 고마워요. 重心悶漏 口馬窩呦 jeon.si.meu.ro/go.ma.wo.yo
朋友，謝謝你！	친구야, 고마워! 親估呀 口馬窩 chin.gu.ya//go.ma.wo

뭐 什麼（무엇的略語）		
中文發音	羅馬拼音	寫寫看
摸	mwo	

拼音練習

　　　子音　　母音
뭐 → ㅁ + ㅝ = 뭐

※韓語子音「ㅁ」發類似注音「ㄇ」的音。
　韓語母音「ㅝ」發類似注音「ㄨㄛ」的音。

串聯例句

中文	韓文
你現在在做什麼？	지금 뭐 해요?
	七跟 摸 黑呦
	ji.geum/mwo/hae.yo
你在看什麼？	뭐 보고 있어요?
	摸 波夠 衣搜呦
	mwo/bo.go/i.sseo.yo
你早上吃了什麼？	아침에 뭐 먹었어요?
	阿妻妹 摸 摸狗搜呦
	a.chi.me/mwo/meo.geo.sseo.yo

母音

ㅟ

中文發音	烏衣
羅馬拼音	wi
韓文字	위
發音方法	母音ㅟ為複合母音，發音時，先發「ㅜ」的音，然後迅速接著發出「ㅣ」的音，發出類似注音「ㄨㄧ」的音。
母音位置	母音位於韓文字的「第二音節」，即，子音的右側或下面。母音「ㅟ」位於子音的下面。

動手寫寫看

ㅟ			
위			
뒤			
쥐			
귀			

① ③ ⑦

❶ 母音篇

② 子音篇

③ 尾音

④ 韓語基礎會話

⑤ 韓語基本詞彙

위치 位置

中文發音	羅馬拼音	寫寫看
烏衣氣	wi.chi	

拼音練習

　　　子音　　母音
위 → ㅇ ＋ ㅟ ＝ 위
치 → ㅊ ＋ ㅣ ＝ 치

※韓語子音「ㅇ」放在母音的左側或上面時，不發音。
　韓語母音「ㅟ」發類似注音「ㄨㄧ」的音。
　韓語子音「ㅊ」發類似注音「ㄘ」的音，發音時需
　送氣。
　韓語母音「ㅣ」發類似注音「ㄧ」的音。

串聯例句

中文	韓文
位置在哪裡？	위치는 어디예요? 烏衣氣能 喔低耶呦 wi.chi.neun/eo.di.ye.yo
好的位置	좋은 위치 醜恩 烏衣氣 jo.eun/wi.chi
工廠位置	공장 위치 公髒 烏衣氣 gong.jang/wi.chi

까마귀 烏鴉

中文發音	羅馬拼音	寫寫看
嘎媽貴	kka.ma.gwi	

拼音練習

子音　　母音

까 → ㄲ + ㅏ = 까
마 → ㅁ + ㅏ = 마
귀 → ㄱ + ㅟ = 귀

> ※韓語子音「ㄲ」發類似注音「ㄍ」的音，要發重音。
> 韓語母音「ㅏ」發類似注音「ㄚ」的音。
> 韓語子音「ㅁ」發類似注音「ㄇ」的音。
> 韓語子音「ㄱ」不是頭音時，發類似注音「ㄍ」的音。
> 韓語母音「ㅟ」發類似注音「ㄨㄧ」的音。

串聯例句

中文	韓文
這裡的烏鴉很多。	여기에 까마귀가 많아요.
	呦個衣 A 嘎媽貴嘎 馬那呦
	yeo.gi.e/kka.ma.gwi.ga/ma.na.yo
烏鴉很黑。	까마귀가 까매요.
	嘎媽貴嘎 尬妹呦
	kka.ma.gwi.ga/kka.mae.yo
三隻烏鴉	까마귀 세 마리
	嘎媽貴 誰 馬里
	kka.ma.gwi/se/ma.ri

뒤 後面

中文發音	羅馬拼音	寫寫看
兔衣	dwi	

拼音練習

　　　　子音　母音

뒤 → ㄷ + ㅟ = 뒤

> ※韓語子音「ㄷ」為頭音時，發類似注音「ㄊ」的音。
> 　韓語母音「ㅟ」發類似注音「ㄨㄧ」的音。

串聯例句

中文	韓文
後面有人。	뒤에 사람이 있어요. 兔衣 A 沙拉咪 衣搜呦 dwi.e/sa.ra.mi/i.sseo.yo
請往後看。	뒤로 보세요. 兔衣漏 波誰呦 dwi.ro/bo.se.yo
前面和後面	앞과 뒤 阿瓜 兔衣 ap.kkwa/dwi

쉬다 休息、歇業

中文發音	羅馬拼音	寫寫看
噓打	swi.da	

拼音練習

```
      子音  母音
쉬 → ㅅ + ㅟ = 쉬
다 → ㄷ + ㅏ = 다
```

※韓語子音「ㅅ」發類似注音「ㄙ」的音。
韓語母音「ㅟ」發類似注音「ㄨㄧ」的音。
韓語子音「ㄷ」不是頭音時，發類似注音「ㄉ」的音。
韓語母音「ㅏ」發類似注音「ㄚ」的音。

串聯例句

中文	韓文
請在這裡休息。	여기서 쉬세요. 呦個衣搜 噓誰呦 yeo.gi.seo/swi.se.yo
我休息一會。	잠깐 쉴게요. 禪肝 噓兒給呦 jam.kkan/swil.ge.yo
我想休息一天。	하루 쉬고 싶어요. 哈魯 噓溝 西波呦 ha.ru/swi.go/si.peo.yo

❶母音篇 ❷子音篇 ❸尾音 ❹韓語基礎會話 ❺韓語基本詞彙

쥐 老鼠

中文發音	羅馬拼音	寫寫看
去	jwi	

拼音練習

　　　子音　母音
쥐 → ㅈ + ㅟ = 쥐

※韓語子音「ㅈ」為頭音時，發類似注音「ㄘ」的音。
　韓語母音「ㅟ」發類似注音「ㄨㄧ」的音。

串聯例句

中文	韓文
家裡有老鼠。	집에 쥐가 있어요. 擠背 去嘎 衣搜呦 ji.be/jwi.ga/i.sseo.yo
我討厭老鼠。	나는 쥐를 싫어해요. 那能 去惹 西囉黑呦 na.neun/jwi.reul/ssi.reo.hae.yo
屬鼠	쥐띠 去第 jwi.tti

母 音

一

中文發音	×
羅馬拼音	ui
韓 文 字	의
發音方法	母音ㅢ為複合母音，發音時，先發「ㅡ」的音，然後迅速接著發出「ㅣ」的音，發出類似注音「ㄜㄧ」的音。
母音位置	母音位於韓文字的「第二音節」，即，子音的右側或下面。母音「ㅣ」位於子音的下面。

動手寫寫看

ㅢ			
의			
희			
ㅢ			

의사 醫師		
中文發音	羅馬拼音	寫寫看
衣沙	ui.sa	

拼音練習

　　　子音　　母音
의 → ㅇ　 + 　ㅢ　 = 　의
사 → ㅅ　 + 　ㅏ　 = 　사

※韓語子音「ㅇ」放在母音的左側或上面時，不發音。
　韓語母音「ㅢ」發類似注音「ㄜ一」的音。
　韓語子音「ㅅ」發類似注音「ㄙ」的音。
　韓語母音「ㅏ」發類似注音「ㄚ」的音。

串聯例句

中文	韓文
我是醫生。	저는 의사예요. 醜能 衣沙耶呦 jeo.neun/ui.sa.ye.yo
外科醫生	외과 의사 為瓜 衣沙 oe.gwa/ui.sa
整形外科醫生	성형외과 의사 松兄為瓜 衣沙 seong.hyeong.oe.gwa/ui.sa

예의 禮儀、禮節、禮貌

中文發音	羅馬拼音	寫寫看
耶衣	ye.ui	

拼音練習

```
        子音   母音
예 →  ㅇ + ㅖ = 예
의 →  ㅇ + ㅢ = 의
```

※韓語子音「ㅇ」放在母音的左側或上面時，不發音。
韓語母音「ㅖ」發類似注音「一ㄝ」的音。
韓文字「의」不是出現在第一個字時，發韓文字「이」的音。

串聯例句

中文	韓文
有禮貌。	예의가 있어요. 耶衣嘎 衣搜呦 ye.ui.ga/i.sseo.yo
沒有禮貌。	예의가 없어요. 耶衣嘎 喔不搜呦 ye.ui.ga/eop.sseo.yo
請遵守禮儀。	예의를 지키세요. 耶衣惹 七 ki 誰呦 ye.ui.reul/jji.ki.se.yo

❶
❹
❺

❶ 母音篇

❷ 子音篇

❸ 尾音

❹ 韓語基礎會話

❺ 韓語基本詞彙

菜韓文
○─ 韓語發音&語法入門

의자 椅子

中文發音	羅馬拼音	寫寫看
衣渣	ui.ja	

拼音練習

　　子音　　母音
의 → ㅇ ＋ ㅢ ＝ 의
자 → ㅈ ＋ ㅏ ＝ 자

※韓語子音「ㅇ」放在母音的左側或上面時，不發音。
　韓語母音「ㅢ」發類似注音「ㄜㄧ」的音。
　韓語子音「ㅈ」不是頭音時，發類似注音「ㄗ」的
　音。
　韓語母音「ㅏ」發類似注音「ㄚ」的音。

串聯例句

中文	韓文
這裡沒有椅子。	여기에 의자가 없어요. 呦個衣Ａ衣渣嘎 喔不搜呦 yeo.gi.e/ui.ja.ga/eop.sseo.yo
坐在椅子上。	의자에 앉아요. 衣渣Ａ安渣呦 ui.ja.e/an.ja.yo
椅子上有貓咪。	의자에 고양이가 있어요. 衣渣Ａ口羊衣嘎 衣搜呦 ui.ja.e/go.yang.i.ga/i.sseo.yo

회의 會議

中文發音	羅馬拼音	寫寫看
灰衣	hoe.ui	

拼音練習

```
      子音    母音
회 → ㅎ + ㅚ = 회
의 → ㅇ + ㅢ = 의
```

※韓語子音「ㅎ」發類似注音「ㄏ」的音。
韓語母音「ㅚ」發類似注音「ㄨㄝ」的音。
韓語子音「ㅇ」放在母音的左側或上面時，不發音。
韓义字「의」不是出現在第一個字時，發韓文字「이」的音。

串聯例句

中文	韓文
下午有會議。	오후에 회의가 있어요. 歐虎 A 灰衣嘎 衣搜呦 o.hu.e/hoe.ui.ga/i.sseo.yo
開會遲到了。	회의에 늦었어요. 灰衣 A 呢走搜呦 hoe.ui.c/ncu.jco.ꜱꜱeo.yo
重要的會議。	중요한 회의 尊呦憨 灰衣 jung.yo.han/hoe.ui

① ④ ⑦
❶ 母音篇
② 子音篇
③ 尾音
④ 韓語基礎會話
⑤ 韓語基本詞彙

무늬　紋路、花紋

中文發音	羅馬拼音	寫寫看
母你	mu.ni	

拼音練習

　　　　子音　　母音

무 → ㅁ ＋ ㅜ ＝ 무
늬 → ㄴ ＋ ㅢ ＝ 늬

※韓語子音「ㅁ」發類似注音「ㄇ」的音。
　韓語母音「ㅜ」發類似注音「ㄨ」的音。
　韓語子音「ㄴ」發類似注音「ㄋ」的音。
　韓語母音「ㅢ」上面的子音不是「ㅇ」時，發母音「ㅣ」的音。

串聯例句

中文	韓文
花紋	꽃 무늬 公 母你 kkon/mu.ni
斑馬紋	얼룩말 무늬 喔兒倫馬 母你 eol.lung.mal/mu.ni
點點紋	땡땡이 무늬 爹爹衣 母你 ttaeng.ttaeng.i/mu.ni

저희 我們（우리的謙稱）

中文發音	羅馬拼音	寫寫看
醜西	jeo.hi	

拼音練習

子音　　母音

저 → ㅈ + ㅓ = 저
희 → ㅎ + ㅢ = 희

※韓語子音「ㅈ」為頭音時，發類似注音「ㄘ」的音。
　韓語母音「ㅓ」發類似注音「ㄜ」的音。
　韓語子音「ㅎ」發類似注音「ㄏ」的音。
　韓語母音「ㅢ」上面的子音不是「ㅇ」時，發母音「ㅣ」的音。

串聯例句

中文	韓文
我們是學生。	저희는 학생입니다. 醜西能 哈先影你打 jeo.hi.neun/hak.ssaeng.im.ni.da
我們公司位於首爾。	저희 회사는 서울에 있어요. 醜西 灰沙能 首烏累 衣搜呦 jeo.hi/hoc.sa.ncun/ɜeo.u.re/i.sseo.yo
這裡是我們家。	여기는 저희 집입니다. 呦 gi 能 醜西 撅賓你打 yeo.gi.neun/jeo.hi/ji.bim.ni.da

1
4
9

❶母音篇

❷子音篇

❸尾音

❹韓語基礎會話

❺韓語基本詞彙

子音篇

자음

子音介紹

子音位置：子音位於韓文的「第一個音節」，即，母音的左側或上面。

ㄱ	①ㄱ出現在單字的頭音時，發類似注音「ㄎ」的音。 ②ㄱ不是出現在單字的頭音時，發類似注音「ㄍ」的音。 ③ㄱ如果當作尾音時，發「急促音」。
ㄴ	①ㄴ放在第一個音節時，發類似注音「ㄋ」的音。 ②ㄴ如果當作尾音時，發「舌頭抵住上齒齦＋鼻音」。
ㄷ	①ㄷ出現在單字的頭音時，發類似注音「ㄊ」的音。 ②ㄷ不是出現在單字的頭音時，發類似注音「ㄉ」的音。 ③ㄷ如果當作尾音時，發「舌頭快速抵住上顎＋斷音」。
ㄹ	①ㄹ放在第一個音節時，發類似注音「ㄌ」的音。 ②ㄹ如果當作尾音時，發「捲舌音」。
ㅁ	①ㅁ放在第一個音節時，發類似注音「ㄇ」的音。 ②ㅁ如果當作尾音時，發「雙脣緊閉」的音。

ㅂ	①ㅂ出現在單字的頭音時，發類似注音「ㄆ」的音。
	②ㅂ不是出現在單字的頭音時，發類似注音「ㄅ」的音。
	③ㅂ如果當作尾音時，發「雙唇快速緊閉」的音。
ㅅ	①ㅅ放在第一個音節時，發類似注音「ㄙ」的音。
	②如果ㅅ搭配的母音是「ㅑ」、「ㅕ」、「ㅛ」、「ㅠ」、「ㅣ」時，發類似注音「ㄒ」的音。
ㅇ	①ㅇ出現在第一個音節時，不發音。
	②ㅇ如果當作尾音時，發「嘴巴張開＋鼻音」的音。
ㅈ	①ㅈ出現在單字的頭音時，發類似注音「ㄘ」的音。
	②ㅈ不是出現在單字的頭音時，發類似注音「ㄗ」的音。
ㅎ	ㅎ放在第一個音節時，發類似注音「ㄏ」的音。
ㅋ	ㅋ屬於氣音，發類似注音「ㄎ」的音，發音時需送氣。
ㅌ	ㅌ屬於氣音，發類似注音「ㄊ」的音，發音時需送氣。
ㅍ	ㅍ屬於氣音，發類似注音「ㄆ」的音，發音時需送氣。
ㅊ	ㅊ屬於氣音，發類似注音「ㄘ」的音，發音時需送氣。

ㄲ	ㄲ屬於硬音，發類似注音「ㄍ」的音，發音時要發重音。
ㄸ	ㄸ屬於硬音，發類似注音「ㄉ」的音，發音時要發重音。
ㅃ	ㅃ屬於硬音，發類似注音「ㄅ」的音，發音時要發重音。
ㅆ	①ㅆ屬於硬音，發類似注音「ㄙ」的音，發音時要發重音。 ②如果ㅆ搭配的母音是「ㅑ」、「ㅕ」、「ㅛ」、「ㅠ」、「ㅣ」時，發類似注音「ㄒ」的音。
ㅉ	ㅉ屬於硬音，發類似注音「ㄗ」的音，發音時要發重音。

子音
ㄱ

注音發音	ㄎ／ㄍ
羅馬拼音	k, g
韓文字	기역
發音方法	①子音ㄱ出現在單字的頭音（第一個字）時，發類似注音「ㄎ」的音。
	②子音ㄱ不是出現在單字的頭音（不是第一個字）時，發類似注音「ㄍ」的音。
	③子音ㄱ如果當作尾音（在第三個音節）時，發「急促音」。

請練習下列單字

가구	家具	
ga.gu／卡古		
요가	瑜珈	
yo.ga／呦嘎		
아기	嬰兒	
a.gi／阿個意		
야구	棒球	
ya.gu／呀古		
고아	孤兒	
go.a／口阿		

動手寫寫看

가			
야			
거			
겨			
고			
교			
구			
규			
그			
기			

子音

ㄴ

注音發音	ㄋ
羅馬拼音	n
韓文字	니은
發音方法	①子音ㄴ放在第一個音節時，發類似注音「ㄋ」的音。 ②子音ㄴ如果當作尾音（在第三個音節）時，發「舌頭抵住上齒齦＋鼻音」。

請練習下列單字

韓文	中文	
누나 nu.na／努那	姊姊	
나이 na.i／那衣	年齡	
그녀 geu.nyeo／可扭	她	
그네 geu.ne／可內	鞦韆	

跟著寫寫看

나			
냐			
너			
녀			
노			
뇨			
누			
뉴			
느			
니			

子音

ㄷ

注音發音	ㄊ／ㄉ
羅馬拼音	t, d
韓文字	디귿

發音方法 ①子音ㄷ出現在單字的頭音(第一個字)時,發類似注音「ㄊ」的音。

②子音ㄷ不是出現在單字的頭音(不是第一個字)時,發類似注音「ㄉ」的音。

③子音ㄷ如果當作尾音(在第三個音節)時,發「舌頭快速抵住上顎+斷音」。

請練習下列單字

다리	腿	
da.ri／他里		
지도	地圖	
ji.do／七斗		
두부	豆腐	
du.bu／土補		
바다	海	
ba.da／怕打		
드라마	連續劇	
deu.ra.ma／特拉馬		

跟著寫寫看

다			
댜			
더			
뎌			
도			
됴			
두			
듀			
드			
디			

子音
ㄹ

注音發音	ㄌ
羅馬拼音	r
韓文字	리을
發音方法	①子音ㄹ放在第一個音節時，發類似注音「ㄌ」的音。 ②子音ㄹ如果當作尾音（在第三個音節）時，發「捲舌音」。

請練習下列單字

나라	國家	
na.ra／那拉		
우리	我們	
u.ri／五里		
고려	高麗	
go.ryeo／口六		
가루	粉末	
ga.ru／卡魯		
라디오	廣播	
ra.di.o／拉底歐		

跟著寫寫看

라			
랴			
러			
려			
로			
료			
루			
류			
르			
리			

子音

ㅁ

注音發音	ㄇ
羅馬拼音	m
韓文字	미음

發音方法 ①子音ㅁ放在第一個音節時,發類似注音
「ㄇ」的音。

②子音ㅁ如果當作尾音(在第三個音節)
時,發「雙唇緊閉」的音。

請練習下列單字

머리	頭	
meo.ri／謀里		
무료	免費	
mu.ryo／母六		
이모	阿姨	
i.mo／衣某		
로마	羅馬	
ro.ma／漏馬		
며느리	媳婦	
myeo.neu.ri／謬呢里		

跟著寫寫看

마			
먀			
머			
며			
모			
묘			
무			
뮤			
므			
미			

子音

ㅂ

注音發音	ㄆ／ㄅ
羅馬拼音	p, b
韓 文 字	비읍

發音方法 ①子音ㅂ出現在單字的頭音（第一個字）時，發類似注音「ㄆ」的音。

②子音ㅂ不是出現在單字的頭音（不是第一個字）時，發類似注音「ㄅ」的音。

③子音ㅂ如果當作尾音（在第三個音節）時，發「雙唇快速緊閉」的音。

請練習下列單字

나비	蝴蝶	
na.bi／那比		
바보	傻瓜	
ba.bo／怕跛		
부모	父母	
bu.mo／撲某		
부부	夫婦	
bu.bu／撲布		
보리	大麥	
bo.ri／破里		

바			
뱌			
버			
벼			
보			
뵤			
부			
뷰			
브			
비			

子音 ㅅ

注音發音	ㄙ／ㄒ
羅馬拼音	s
韓文字	시옷
發音方法	①子音ㅅ放在第一個音節時，發類似注音「ㄙ」的音。 ②如果ㅅ搭配的母音是「ㅑ」、「ㅕ」、「ㅛ」、「ㅠ」、「ㅣ」時，發類似注音「ㄒ」的音。

請練習下列單字

가수	教授	
ga.su／卡蘇		
뉴스	新聞	
nyu.seu／呢U思		
소리	聲音	
so.ri／嗽里		
두시	(時間)兩點	
du.si／吐西		
사이다	汽水	
sa.i.da／沙衣打		

跟著寫寫看

사			
샤			
서			
셔			
소			
쇼			
수			
슈			
스			
시			

❶
❻
❼

❶ 母音篇

❷ 子音篇

❸ 尾音

❹ 韓語基礎會話

❺ 韓語基本詞彙

子音

○

注音發音	×
羅馬拼音	×
韓 文 字	이응
發音方法	①子音○出現在第一個音節時，不發音。 ②子音○如果當作尾音（在第三個音節） 時，發「嘴巴張開＋鼻音」。

請練習下列單字

아이	小孩	
a.i／阿衣		
오이	黃瓜	
o.i／歐衣		
우유	牛奶	
u.yu／五Ｕ		
유리	玻璃	
yu.ri／Ｕ里		
사이	中間、之間	
sa.i／沙衣		

跟著寫寫看

아			
야			
어			
여			
오			
요			
우			
유			
으			
이			

子音
ㅈ

注音發音	ㄘ／ㄗ
羅馬拼音	ch, j
韓文字	지읒
發音方法	①子音ㅈ出現在單字的頭音（第一個字）時，發類似注音「ㄘ」的音。
	②子音ㅈ不是出現在單字的頭音（不是第一個字）時，發類似注音「ㄗ」的音。

請練習下列單字

우주	宇宙
u.ju／五組	
유자	柚子
yu.ja／U 渣	
지도	地圖
ji.do／七斗	
바지	褲子
ba.ji／怕擠	
사이즈	尺寸
sa.i.jeu／沙衣資	

跟著寫寫看

자			
쟈			
저			
져			
조			
죠			
주			
쥬			
즈			
지			

1 母音篇

2 子音篇

3 尾音

4 韓語基礎會話

5 韓語基本詞彙

• track 077

子音
ㅎ

注音發音	ㄏ
羅馬拼音	h
韓文字	히은
發音方法	子音ㅎ放在第一個音節時，發類似注音「ㄏ」的音。

請練習下列單字

허리	腰	
heo.ri／齁里		
하마	河馬	
ha.ma／哈馬		
오후	下午	
o.hu／歐虎		
휴가	休假	
hyu.ga／呵U嘎		
효자	孝子	
hyo.ja／呵又渣		

跟著寫寫看

하			
햐			
허			
혀			
호			
효			
후			
휴			
흐			
히			

子音

ㅋ

注音發音	ㄎ
羅馬拼音	k
韓文字	키읔
發音方法	子音ㅋ屬於氣音，發類似注音「ㄎ」的音，發音時需送氣。

請練習下列單字

코코아	可可亞
ko.ko.a／扣扣阿	
도쿄	東京
do.kyo／頭可又	
쿠키	餅乾
ku.ki／哭可衣	
케이크	蛋糕
ke.i.keu／K衣可	
초코	巧克力
cho.ko／臭扣	

跟著寫寫看

카			
캬			
커			
켜			
코			
쿄			
쿠			
큐			
크			
키			

子音

ㅌ

注音發音	ㄊ
羅馬拼音	t
韓 文 字	티읕
發音方法	子音ㅌ屬於氣音，發類似注音「ㄊ」的音，發音時需送氣。

請練習下列單字

韓文	中文	
기타	吉他	
gi.ta／key他		
터키	土耳其	
teo.ki／頭key		
투자	投資	
tu.ja／禿渣		
티슈	面紙	
ti.syu／踢思U		
마트	超市	
ma.teu／馬特		

跟著寫寫看

타			
탸			
터			
텨			
토			
툐			
투			
튜			
트			
티			

❶ 母音篇
❷ 子音篇
❸ 尾音
❹ 韓語基礎會話
❺ 韓語基本詞彙

子音

ㅍ

注音發音	ㄆ
羅馬拼音	p
韓文字	피읖
發音方法	子音ㅍ屬於氣音，發類似注音「ㄆ」的音，發音時需送氣。

請練習下列單字

포도	葡萄	
po.do／波斗		
피자	披薩	
pi.ja／匹渣		
차표	車票	
cha.pyo／擦匹又		
커피	咖啡	
keo.pi／扣匹		
파리	蒼蠅	
pa.ri／怕里		

跟著寫寫看

파			
파			
퍼			
퍼			
포			
표			
푸			
퓨			
프			
피			

❶ 母音篇

❷ 子音篇

❸ 尾音

❹ 韓語基礎會話

❺ 韓語基本辭彙

子音
ㅊ

注音發音	ㄘ
羅馬拼音	ch
韓文字	치읃
發音方法	子音ㅊ屬於氣音，發類似注音「ㄘ」的音，發音時需送氣。

請練習下列單字

기차	火車	
gi.cha／Key 擦		
치마	裙子	
chi.ma／七馬		
고추	辣椒	`
go.chu／ㄖ粗		
셔츠	襯衫	
syeo.cheu／休尺		
치즈	乳酪	
chi.jeu／七紙		

跟著寫寫看

차			
챠			
처			
쳐			
초			
쵸			
추			
츄			
츠			
치			

❶ 母音篇

❷ 子音篇

❸ 尾音

❹ 韓語基礎會話

❺ 韓語基本詞彙

子音
ㄲ

注音發音	ㄍ
羅馬拼音	kk
韓文字	쌍기역
發音方法	子音ㄲ屬於硬音,發類似注音「ㄍ」的音,發音時要發重音。

請練習下列單字

토끼	兔子	
to.kki／透個意		
꼬리	尾巴	
kko.ri／夠里		
끄다	關閉、熄	
kkeu.da／哥打		
끼다	夾、戴	
kki.da／gi打		

跟著寫寫看

까			
꺄			
꺼			
껴			
꼬			
꾜			
꾸			
뀨			
끄			
끼			

子音
ㄸ

注音發音	㄄
羅馬拼音	tt
韓 文 字	쌍디귿
發音方法	子音ㄸ屬於硬音,發類似注音「㄄」的音,發音時要發重音。

請練習下列單字

따다	摘、採	
tta.da／搭打		
떠나다	離開	
tteo.na.da／兜那打		
또	再、又	
tto／豆		
뜨다	浮、升	
tteu.da／的打		
허리띠	腰帶	
heo.ri.tti／齁里弟		

跟著寫寫看

따			
땨			
떠			
뗘			
또			
뚀			
뚜			
뜌			
뜨			
띠			

子音
ㅃ

注音發音	ㄅ
羅馬拼音	pp
韓 文 字	쌍비읍
發音方法	子音ㅃ屬於硬音，發類似注音「ㄅ」的音，發音時要發重音。

請練習下列單字

아빠	爸爸	
a.ppa／阿爸		
오빠	哥哥	
o.ppa／歐爸		
뽀뽀	親親	
ppo.ppo／撥撥		
뿌리	根	
ppu.ri／不里		
뼈	骨頭	
ppyeo／ㄅㄡ		

跟著寫寫看

빠			
빠			
뼈			
뼈			
쁘			
쁘			
쀼			
쀼			
쁘			
삐			

子音

ㅆ

注音發音	ㄙ
羅馬拼音	ss
韓 文 字	쌍시옷
發音方法	①子音ㅆ屬於硬音，發類似注音「ㄙ」的音，發音時要發重音。 ②如果ㅆ搭配的母音是「ㅑ」、「ㅕ」、「ㅛ」、「ㅠ」、「ㅣ」時，發類似注音「ㄒ」的音。

請練習下列單字

單字	意思	
싸구려	便宜貨	
ssa.gu.ryeo／沙估六		
쏘다	發射	
sso.da／嗽打		
쓰다	寫、戴	
sseu.da／思打		
쓰기	寫作	
sseu.gi／思個衣		
씨	種子	
ssi／系		

跟著寫寫看

싸			
쌰			
써			
쎠			
쏘			
쑈			
쑤			
쓔			
쓰			
씨			

子音

ㅉ

注音發音	ㄗ
羅馬拼音	jj
韓文字	쌍지읃
發音方法	子音ㅉ屬於硬音，發類似注音「ㄗ」的音，發音時要發重音。

請練習下列單字

가짜	假貨	
ga.jja／卡渣		
짜다	鹹	
jja.da／渣打		
찌다	蒸	
jji.da／基打		
쭈꾸미	短爪章魚	
jju.kku.mi／租估米		

跟著寫寫看

짜			
쨔			
쩌			
쪄			
쪼			
쬬			
쭈			
쮸			
쯔			
찌			

尾音

반침

尾音 ㄱ

發音方法 韓文字的尾音以ㄱ、ㅋ、ㄲ、ㄺ、ㄳ結束時，嘴巴形狀與舌頭位置皆不變，發「急促音」。

請練習下列單字

수박	西瓜
su.bak／蘇爸	
부탁	請託
bu.tak／撲踏	
가격	價格
ga.gyeok／卡個又	
미국	美國
mi.guk／咪古	
부엌	廚房
bu.eok／撲噢	
밖	外面
bak／怕	
밝다	明亮
bak.tta／怕打	
삯	工資
sak／煞	

❶❾❸
1 母音篇
2 子音篇
3 尾音
4 韓語基礎會話
5 韓語基本詞彙

尾音 ㄴ

發音方法 韓文字的尾音以ㄴ, ㄵ, ㄶ結束時，舌尖慢慢貼住上齒齦，發出「鼻音」。

請練習下列單字

친구	朋友	
chin.gu／親古		
언제	何時	
eon.je／翁賊		
우산	雨傘	
u.san／烏傘		
신문	報紙	
sin.mun／心母恩		
시간	時間	
si.gan／西乾		
수건	毛巾	
su.geon／酥拱		
라면	泡麵	
ra.myeon／拉謬		
앉다	坐	
an.da／安打		

尾音 ㄷ

發音方法 韓文字的尾音以ㄷ, ㅅ, ㅆ, ㅈ, ㅊ, ㅌ, ㅎ 結束時，舌尖快速抵住上齒齦，截斷氣流的聲音（斷音）。

請練習下列單字

單字	中譯	
닫다	關上	
dat.tta／踏打		
듣기	聽力	
deut.kki／特個衣		
옷	衣服	
ot／歐		
다섯	五	
da.seot／他嗽		
찾다	找	
chat.tta／擦打		
꽃	花	
kkot／夠		
밭	田	
bat／怕		
있다	有、在	
it.tta／意打		

尾音 ㄹ

發音方法 韓文字的尾音以ㄹ, ㄿ, ㄾ, ㅀ結束時，
舌頭稍微捲起來（捲舌音）。

請練習下列單字

單字	意思	
빨리	快點	
ppal.li／爸兒里		
오늘	今天	
o.neul／歐呢		
내일	明天	
nae.il／類衣兒		
비밀	秘密	
bi.mil／匹咪兒		
갈비	排骨	
gal.ppi／卡兒逼		
주말	周末	
ju.mal／租馬兒		
가을	秋天	
ga.eul／卡兒		
여덟	八	
yeo.deol／呦豆兒		

尾音 ㅁ

發音方法 韓文字的尾音以ㅁ, ㄹ結束時, 雙唇慢慢閉起來, 發音位置在鼻子 (嘴閉音)。

請練習下列單字

엄마	媽媽	
eom.ma / 翁馬		
김치	泡菜	
gim.chi / 可銀氣		
감자	馬鈴薯	
gam.ja / 砍渣		
아침	早上	
a.chim / 啊寢		
점심	中午	
jeom.sim / 寵醒		
삶	生活	
sam / 沙恩		
여름	夏天	
yeo.reum / 呦冷		
남자	男生	
nam.ja / 男渣		

尾音 ㅂ

發音方法 韓文字的尾音以ㅂ, ㅍ, ㅄ, ㄼ結束時，發雙唇快速緊閉所發出的聲音（嘴閉音）。

請練習下列單字

지갑	皮夾	
ji.gap／妻尬		
김밥	海苔飯捲	
gim.bap／可銀爸		
수업	課程	
su.eop／酥喔		
십분	十分鐘	
sip.ppun／系不恩		
연습	練習	
yeon.seup／泳奢		
월급	月薪	
wol.geup／我兒各		
잎	葉子	
ip／意		
없다	沒有	
eop.tta／喔不打		

尾音 ㅇ

發音方法 韓文字的尾音以ㅇ結束時，發嘴巴張開，
氣流從鼻腔通過，震動聲帶的鼻音。

請練習下列單字

방	房間
bang／旁	
우동	烏龍麵
u.dong／烏董	
시장	市場
si.jang／西髒	
세상	世界
se.sang／誰商	
공부	念書
gong.bu／空補	
양파	洋蔥
yang.pa／羊怕	
홍차	紅茶
hong.cha／轟擦	
공원	公園
gong.won／空我恩	

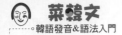

| 練習七種尾音，由上到下唸唸看！ |

	ㄱ	ㄴ	ㄷ	ㄹ	ㅁ	ㅂ	ㅇ
가	각	간	간	갈	감	갑	강
나	낙	난	낟	날	남	납	낭
다	닥	단	닫	달	담	답	당
라	락	란	랃	랄	람	랍	랑
마	막	만	맏	말	맘	맙	망
바	박	반	받	발	밤	밥	방
사	삭	산	삳	살	삼	삽	상
아	악	안	앋	알	암	압	앙
자	작	잔	잗	잘	잠	잡	장
차	착	찬	찯	찰	참	찹	창
카	칵	칸	칻	칼	캄	캅	캉
타	탁	탄	탇	탈	탐	탑	탕
파	팍	판	팓	팔	팜	팝	팡
하	학	한	핟	할	함	합	항

4

韓語基礎會話

한국어 기초회화

Lesson

1 자기소개
自我介紹

句型 1

여자입니다.
是女生。

句型説明

① 「입니다」是由이다(是)和ㅂ니다(格式體尊敬形終結語尾)所組成。

② 「格式體尊敬形終結語尾」是用來對聽話者表示尊敬的終結語尾，使用在較正式或嚴肅的場合上，如演講、開會、播報新聞、生意場合、與長輩談話等。

③ 格式體尊敬形終結語尾的敘述句為「습니다.」和「ㅂ니다.」。
語幹有尾音時，接「습니다.」；語幹沒有尾音時，接「ㅂ니다.」。

④ 이다(是)的語幹為「이」，語幹「이」沒有尾音，接ㅏ「ㅂ니다」，變成「입니다」。

⑤ 韓語語順與中文相反，中文説「是女生」，韓文的語順為「女生是」。

生字

中文	韓文& 拼音
女生	여자 油渣 / yeo.ja
歌手	가수 卡蘇 / ga.su
學生	학생 哈限 / hak.ssaeng
包包	가방 卡邦 / ga.bang
男生	남자 男渣 / nam.ja
鉛筆	연필 泳匹兒 / yeon.pil

句型練習

中文	韓文
是女生。	여자입니다. 油渣影你打 yeo.ja.im.ni.da
是歌手。	가수입니다. 卡蘇影你打 ga.su.im.ni.da
是學生。	학생입니다. 哈先影你打 hak.ssaeng.im.ni.da

是包包。	가방입니다. 卡幫影你打 ga.bang.im.ni.da
是男生。	남자입니다. 男渣影你打 nam.ja.im.ni.da
是鉛筆。	연필입니다. 泳匹領你打 yeon.pi.rim.ni.da

句型 2

학생입니까?

是學生嗎?

句型說明

① 由이다（是）＋ㅂ니까？（格式體尊敬形終結語尾）所組成。

② 格式體尊敬形終結語尾的疑問句為「습니까?」和「ㅂ니까?」。
語幹有尾音時，接「습니까?」；語幹沒有尾音時，接「ㅂ니까?」。

③ 이다（是）的語幹為「이」，語幹「이」沒有尾音，接上「ㅂ니까?」，變成「입니까?」。

生字

中文	韓文 & 拼音
演員	배우 陪五 / bae.u
老師	선생님 松先澤 / seon.saeng.nim
台灣	대만 貼慢 / dae.man
皮夾	지갑 七尬 / ji.gap

剪刀	가위
	卡爲衣 / ga.wi

修正液	수정액
	蘇宗液 / su.jeong.aek

句型練習

中文	韓文
是演員嗎？	배우입니까?
	陪五影你嘎
	bae.u.im.ni.kka
是老師嗎？	선생님입니까?
	松先濘影你嘎
	seon.saeng.ni.mim.ni.kka
是台灣人嗎？	대만 사람입니까?
	貼慢 沙郎敏你嘎
	dae.man/sa.ra.mim.ni.kka
是皮夾嗎？	지갑입니까?
	七嘎冰你嘎
	ji.ga.bim.ni.kka
是剪刀嗎？	가위입니까?
	卡烏衣影你嘎
	ga.wi.im.ni.kka
是修正液嗎？	수정액입니까?
	蘇宗液影你嘎
	su.jeong.ac.gim.ni.kka

② 0 7

1 母音篇
2 子音篇
3 尾音
④ 韓語基礎會話
5 韓語基礎調彙

會話 1

Ⓐ 배우입니까?
陪五影你嘎
bae.u.im.ni.kka

Ⓑ 네, 배우입니다.
內 陪五影你打
ne//bae.u.im.ni.da

中譯 1

A：是演員嗎？
B：是的，是演員。

會話 2

Ⓐ 대만 사람입니까?
貼慢 沙郎敏你嘎
dae.man/sa.ra.mim.ni.kka

Ⓑ 예, 대만 사람입니다.
耶 貼慢 沙郎敏你打
ye//dae.man/sa.ra.mim.ni.da

中譯 2

A：是台灣人嗎？
B：是的，是台灣人。

句型補充

用韓語做肯定的回答時，可以用「네」或「예」，意思是「是的」、「對」。

句型 ❸

저는 학생입니다.

我是學生。

句型說明

① 韓語語順跟中文相反，中文說「我是學生」，韓文的語順為「我學生是」，此時，「我」為主詞。
② 主詞後方需加上補助詞「은/는」。
③「은/는」為助詞，助詞一般接在名詞後方。
④ 主詞（名詞）最後一個字有尾音加「은」，沒有尾音加「는」。
⑤ 疑問句則使用「主詞은/는＋名詞＋입니까?」的句型。

生字

中文	韓文 & 拼音
我	저 醜 / jeo
大學生	대학생 貼哈先 / dae.hak.ssaeng
護士	간호사 砍齁沙 / gan.ho.sa
主婦	주부 組不 / ju.bu

記者	기자
	企紮 / gi.ja

那邊	저쪽
	醜揍 / jeo.jjok

句型練習

中文	韓文
我是學生。	저는 학생입니다. 醜能 哈先影你打 jeo.neun/hak.ssaeng.im.ni.da
哥哥是大學生。	오빠는 대학생입니다. 歐爸能 貼哈先影你打 o.ppa.neun/dae.hak.ssaeng.im.ni.da
媽媽是主婦。	어머니는 주부입니다. 喔摸你能 組不影你打 eo.meo.ni.neun/ju.bu.im.ni.da
老公是記者。	남편은 기자입니다. 男票能 企紮影你打 nam.pyeo.neun/gi.ja.im.ni.da
廁所是那邊嗎？	화장실은 저쪽입니까? 花髒西冷 醜揍影你嘎 hwa.jang.si.reun/jeo.jjo.gim.ni.kka
姊姊是護士嗎？	언니는 간호사입니까? 翁你能 砍齁沙影你嘎 eon.ni.neun/gan.ho.sa.im.ni.kka

句型 ④

2
1
1

회사원이 아닙니다.
不是職員。

句型説明

① 由아니다 (不是) ＋ ㅂ니다. (格式體尊敬形終結語尾) 所組成。
② 名詞後方需接上主格助詞「이/가」。
③ 名詞最後一個字有尾音加「이」，主詞最後一個字無尾音加「가」。
④ 韓語語順跟中文相反，中文説「不是職員」，韓文的語順為「職員不是」。

生字

中文	韓文 & 拼音
職員	회사원 灰沙我 / hoe.sa.won
教授	교수님 可又酥瀯 / gyo.su.nim
公園	공원 空我 / gong.won
泡菜	김치 金氣 / gim.chi

1 母音篇 2 子音篇 3 尾音 4 韓語基礎會話 5 韓語基本詞彙

加油站	주유소 租 U 嗽 / ju.yu.so

加拿大	캐나다 K 那打 / kae.na.da

句型練習

中文	韓文
不是職員。	회사원이 아닙니다. 灰沙我你 阿您你打 hoe.sa.wo.ni/a.nim.ni.da
不是教授。	교수님이 아닙니다. 可又蘇你咪 阿您你打 gyo.su.ni.mi/a.nim.ni.da
不是公園。	공원이 아닙니다. 空我你 阿您你打 gong.wo.ni/a.nim.ni.da
不是泡菜。	김치가 아닙니다. 金氣嘎 阿您你打 gim.chi.ga/a.nim.ni.da
不是加油站。	주유소가 아닙니다. 租 U 嗽嘎 阿您你打 ju.yu.so.ga/a.nim.ni.da
不是加拿大。	캐나다가 아닙니다. K 那打嘎 阿您你打 kae.na.da.ga/a.nim.ni.da

會話1

Ⓐ 회사원입니까?
灰沙我您你嘎
hoe.sa.wo.nim.ni.kka

Ⓑ 아니요, 회사원이 아닙니다.
阿你呦 灰沙我你 阿您你打
a.ni.yo//hoe.sa.wo.ni/a.nim.ni.da

中譯1

A：是公司職員嗎？
B：不，不是公司職員。

會話2

Ⓐ 김치입니까?
金氣影你嘎
gim.chi.im.ni.kka

Ⓑ 아니요, 김치가 아닙니다.
阿你呦 金氣嘎 阿您你打
a.ni.yo//gim.chi.ga/a.nim.ni.da

中譯2

A：是泡菜嗎？
B：不，不是泡菜。

句型補充

用韓語做否定的回答時，可以用「아니요」，意思是「不」、「不對」。

句型 ❺

여기가 아닙니까?

不是這裡嗎?

句型説明

① 由아니다（不是）＋ㅂ니까?（格式體尊敬形終結語尾）所組成。

② 名詞後方需接上主格助詞「이/가」。

③ 名詞最後一個字有尾音加「이」，主詞最後一個字無尾音加「가」。

④ 韓語語順跟中文相反，中文説「不是這裡嗎?」，韓文的語順為「這裡不是嗎?」。

生字

中文	韓文 & 拼音
這裡	여기 呦個意 / yeo.gi
公司	회사 灰沙 / hoe.sa
學校	학교 哈個又 / hak.kkyo
美國	미국 咪固 / mi.guk
香港	홍콩 轟恐 / hong.kong

麵包	빵
	棒 / ppang

句型練習

中文	韓文
不是這裡嗎？	여기가 아닙니까? 呦個意嘎 阿您你嘎 yeo.gi.ga/a.nim.ni.kka
不是公司嗎？	회사가 아닙니까? 灰沙嘎 阿您你嘎 hoe.sa.ga/a.nim.ni.kka
不是學校嗎？	학교가 아닙니까? 哈個又嘎 阿您你嘎 hak.kkyo.ga/a.nim.ni.kka
不是美國嗎？	미국이 아닙니까? 咪估個衣 阿您你嘎 mi.gu.gi/a.nim.ni.kka
不是香港嗎？	홍콩이 아닙니까? 轟恐衣 阿您你嘎 hong.kong.i/a.nim.ni.kka
不是麵包嗎？	빵이 아닙니까? 棒衣 阿您你嘎 ppang.i/a.nim.ni.kka

句型 6

저는 학생이 아닙니다.
我不是學生。

句型說明

① 韓語語順跟中文相反,中文說「我不是學生」,韓文的語順為「我學生不是」,此時,「我」為主詞。

② 主詞後方需加上補助詞「은/는」。

③ 主詞最後一個字有尾音加「은」,主詞最後一個字沒有尾音加「는」。

④ 疑問句則使用「主詞은/는+名詞이/가 아닙니까?」的句型。

生字

中文	韓文 & 拼音
鉛筆	연필 泳匹兒 / yeon.pil
這裡	여기 呦個意 / yeo.gi
那、那個 (後方修飾名詞)	그 科 / geu
小姐、先生 (接在人名後方)	~씨 系 / ssi

社長、老闆、 總經理	사장님 沙髒濘 / sa.jang.nim
鳥	새 誰 / sae

句型練習

中文	韓文
這個不是鉛筆。	이것은 연필이 아닙니다. 衣狗神 泳匹里 阿您你打 i.geo.seun/yeon.pi.ri/a.nim.ni.da
那個不是牛奶。	그것은 우유가 아닙니다. 科狗深 烏 U 嘎 阿您你打 geu.geo.seun/u.yu.ga/a.nim.ni.da
這裡不是教室。	여기는 교실이 아닙니다. 呦個意能 可又西里 阿您你打 yeo.gi.neun/gyo.si.ri/a.nim.ni.da
那個女生不是敏静 小姐嗎？	그 여자는 민정 씨가 아닙니까? 科 呦紮能 民宗 嘎 阿您你嘎 geu/yeo.ja.neun/min.jeong/ssi.ga/a. nim.ni.kka
大叔不是社長嗎？	아저씨는 사장님이 아닙니까? 阿揍系能 沙髒你咪 阿您你嘎 a.jeo.ssi.neun/sa.jang.ni.mi/a.nim.ni. kka
那個不是鳥嗎？	저것은 새가 아닙니까? 醜狗神 誰嘎 阿您你嘎 jeo.geo.seun/sae.ga/a.nim.ni.kka

句型 7

> 저도 가수입니다.
> 我也是歌手。

句型說明

① 助詞「도」接在名詞後方。
② 「도」相當於中文的「也…」。
③ 有時也表示「強調」意味。

生字

中文	韓文 & 拼音
我們	우리 五里 / u.ri
弟弟、妹妹	동생 同先 / dong.saeng
作業	숙제 速賊 / suk.jje
動物	동물 同木兒 / dong.mul
這裡	여기 呦個意 / yeo.gi
首爾	서울 搜烏兒 / seo.ul

句型練習

中文	韓文
我也是歌手。	저도 가수입니다. 醜豆 卡蘇影你打 jeo.do/ga.su.im.ni.da
我們也是公司職員。	우리도 회사원입니다. 五里豆 灰沙我你打 u.ri.do/hoe.sa.wo.nim.ni.da
弟弟也不是學生。	동생도 학생이 아닙니다. 同先豆 哈先衣 阿您你打 dong.saeng.do/hak.ssaeng.i/a.nim.ni.da
這個也是作業。	이것도 숙제입니다. 衣狗豆 速賊影你打 i.geot.tto/suk.jje.im.nı.da
人也是動物。	사람도 동물입니다. 沙郎豆 同母領你打 sa.ram.do/dong.mu.rim.ni.da
這裡也是首爾。	여기도 서울입니다. 呦個意豆 搜烏領你打 yeo.gi.do/seo.u.rim.ni.da

會話 1

Ⓐ 안녕하세요. 장혜진입니다.
安妞哈誰呦 常黑金影你打
an.nyeong.ha.se.yo//jang.hye.ji.nim.ni.da

Ⓑ 안녕하세요. 만나서 반갑습니다.
安妞哈誰呦 蠻那搜 盤嘎森你打
an.nyeong.ha.se.yo//man.na.seo/ban.gap.sseum.
ni.da

❷❶❾

1 母音篇
2 子音篇
3 尾音
4 韓語基礎會話
5 韓語基本詞彙

Ⓐ 이름이 무엇입니까?
衣了咪 母喔新你嘎
i.reu.mi/mu.eo.sim.ni.kka

Ⓑ 저는 김현준입니다.
醜能 金呵庸尊影你打
jeo.neun/gim.hyeon.ju.nim.ni.da

中譯 1

A：你好，我是張惠珍。
B：你好，很高興見到妳。
A：您的名字是？
B：我是金賢俊。

會話 2

Ⓐ 현준 씨는 한국 사람입니까?
呵庸尊系能 憨估 沙郎敏你嘎
hyeon.jun/ssi.neun/han.guk/sa.ra.mim.ni.kka

Ⓑ 네, 저는 한국 사람입니다.
內 醜能 憨估 沙郎敏你打
ne//jeo.neun/han.guk/sa.ra.mim.ni.da

Ⓑ 혜진 씨는 어느 나라 사람입니까?
黑金 系能 喔呢 那拉 沙郎敏你嘎
hye.jin/ssi.neun/eo.neu/na.ra/sa.ra.mim.ni.kka

Ⓐ 저는 대만 사람입니다.
醜能 貼慢 沙郎敏你打
jeo.neun/dae.man/sa.ra.mim.ni.da

中譯 2

A：賢俊先生你是韓國人嗎？

B：是的，我是韓國人。

B：惠珍小姐妳是哪一國人？

A：我是台灣人。

會話 3

Ⓐ 미연 씨는 회사원입니까?

咪庸 系能 灰沙我您你嘎

mi.yeon/ssi.neun/hoe.sa.wo.nim.ni.kka

Ⓑ 네, 저는 회사원입니다.

內 醜能 灰沙我您你打

ne//jeo.neun/hoe.sa.wo.nim.ni.da

中譯 3

A：美妍小姐妳是公司職員嗎？

B：是的，我是公司職員。

會話 4

Ⓐ 준영 씨는 경찰관입니까?

尊庸 系能 可用擦官您你嘎

ju.nyeong/ssi.neun/gyeong.chal.kkwa.nim.ni.kka

Ⓑ 아니요. 준영 씨는 경찰관이 아닙니다.

阿你呦 尊庸 系能 可用擦官你 阿您你打

a.ni.yo//ju.nyeong/ssi.neun/gyeong.chal.kkwa.ni/a.nim.ni.da

소방관입니다.

嗽邦官您你打

so.bang.gwa.nim.ni.da

中譯 4

A：俊英先生是警察嗎？

B：不，俊英先生不是警察。

是消防員。

會話 5

Ⓐ 나영 씨, 아버님은 무슨 일을 하십니까?

那庸 系 阿波你悶 母深 衣惹 哈心你嘎

na.yeong/ssi/a.beo.ni.meun/mu.seun/i.reul/ha.

sim.ni.kka

Ⓑ 우리 아버지는 공무원입니다.

五里 阿波基能 空母我您你打

u.ri/a.beo.ji.neun/gong.mu.wo.nim.ni.da

Ⓐ 어머님은요?

喔摸你悶妞？

eo.meo.ni.meu.nyo

Ⓑ 우리 어머니는 초등학교 선생님입니다.

五里 喔咪你能 臭登哈各又 松先你敏你打

u.ri/eo.meo.ni.neun/cho.deung.hak.kkyo/seon.

saeng.ni.mim.ni.da

中譯 5

A：娜英小姐妳的父親的工作是？

B：我爸爸是公務員。

A：媽媽呢？
B：我媽媽是小學老師。

閱讀

여러분, 안녕하십니까?
제 이름은 최효리입니다.
저는 한국 사람입니다.
고등학생이 아닙니다.
대학생입니다.
우리 아버지는 군인입니다.
우리 어머니는 주부입니다.
우리 오빠는 엔지니어입니다.
우리 언니는 간호사입니다.
만나서 반갑습니다.

中譯：

大家好。
我的名字是崔孝利。
我是韓國人。
我不是高中生。
是大學生。
我的爸爸是軍人。
我的媽媽是家庭主婦。
我的哥哥是工程師。
我的姊姊是護士。
很高興見到大家。

Lesson

2 첫 만남

初次見面

句型 1

책이에요.

是書。

句型説明

① 「이에요」和「예요」為非格式體尊敬形終結語尾，用來尊敬聽話者，是韓國人日常生活中最常用的尊敬形態。

② 이다（是）的非格式體尊敬形終結語尾為「이에요」和「예요」兩種，接在名詞後方。

③ 名詞的最後一字有尾音接「이에요」，名詞的最後一字沒有尾音接「예요」。

生字

中文	韓文 & 拼音
書	책 賊 / chaek
杯子	컵 扣 / keop
圖畫、圖片	그림 可另 / geu.rim

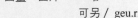

剪刀	가위 卡烏衣 / ga.wi
紙張	종이 宗衣 / jong.i
尺	자 差 / ja

句型練習

中文	韓文
是書。	책이에요. 賊 gi 耶呦 chae.gi.e.yo
是杯子。	컵이에요. 扣逼耶呦 keo.bi.e.yo
是圖畫。	그림이에요. 可里咪耶呦 geu.ri.mi.e.yo
是剪刀。	가위예요. 卡烏衣耶呦 ga.wi.ye.yo
是紙張。	종이예요. 宗衣耶呦 jong.i.ye.yo
是尺。	자예요. 差耶呦 ja.ye.yo

2
2
5

1 母音篇
2 子音篇
3 尾音
4 韓語基礎會話
5 韓語基本調彙

句型 ②

> 사진이에요?
> 是照片嗎?

句型說明

① 非格式體尊敬形終結語尾的「疑問形」與「敘述
　形」同形態，只是將句號「.」改成問號「?」。
② 疑問句語調上揚。
③「이에요?」和「예요?」相當於中文的「是…嗎?」。

生字

中文	韓文 & 拼音
照片	사진 沙金 / sa.jin
藥	약 呀 / yak
鏡子	거울 口烏兒 / geo.ul
沙發	소파 嗽怕 / so.pa
床	침대 親爹 / chim.dae
枕頭	베개 陪給 / be.gae

句型練習

中文	韓文
是照片嗎？	사진이에요? 沙金你耶呦 sa.ji.ni.e.yo
是藥嗎？	약이에요? 呀 gi 耶呦 ya.gi.e.yo
是鏡子嗎？	거울이에요? 口烏里耶呦 geo.u.ri.e.yo
是沙發嗎？	소파예요? 嗽怕耶呦 so.pa.ye.yo
是床嗎？	침대예요? 親爹耶呦 chim.dae.ye.yo
是枕頭嗎？	베개예요? 陪給耶呦 be.gae.ye.yo

2
2
7
① 母音篇
② 子音篇
③ 尾音
④ 韓語基礎會話
⑤ 韓語基本詞彙

句型 ③

나는 남자예요.
我是男生。

句型說明

① 韓語語順跟中文相反，中文說「我是男生」，韓文的語順為「我男生是」，此時，「我」為主詞。
② 主詞後方需加上補助詞「은/는」。
③ 主詞（名詞）最後一個字有尾音加「은」，沒有尾音加「는」。
④ 疑問句則使用「主詞은/는＋名詞＋이에요/예요?」的句型。

生字

中文	韓文 & 拼音
部長	부장님 撲髒濘 / bu.jang.nim
銀行員	은행원 恩黑我恩 / eun.haeng.won
教授	교수님 可又酥濘 / gyo.su.nim
葡萄	포도 波斗 / po.do
公司	회사 灰沙 / hoe.sa

我	나
	那 / na

句型練習

中文	韓文
這個是葡萄。	이것은 포도예요. 衣狗神 波斗耶呦 i.geo.seun/po.do.ye.yo
這裡是公司。	여기는 회사예요. 呦 gi 能 灰沙耶呦 yeo.gi.neun/hoe.sa.ye.yo
我是男生。	나는 남자예요. 那能 男渣耶呦 na.neun/nam.ja.ye.yo
爸爸是部長。	아버지는 부장님이에요. 阿波擠能 撲髒你咪耶呦 a.beo.ji.neun/bu.jang.ni.mi.e.yo
媽媽是銀行員。	어머니는 은행원이에요. 喔撲你能 恩黑我你耶呦 eo.meo.ni.neun/eun.haeng.wo.ni.e.yo
哥哥是教授。	형은 교수님이에요. 呵用恩 可又蘇你咪耶呦 hyeong.eun/gyo.su.ni.mi.e.yo

229

1 母音篇 2 子音篇 3 尾音 4 韓語基礎會話 5 韓語基礎小詞彙

句型 ④

옷이 아니에요.
不是衣服。

句型説明

① 아니다（不是）的非格式體尊敬形終結語尾為「아니에요」。

② 韓語語順跟中文相反，中文説「不是衣服」，韓文的語順為「衣服不是」。

③ 名詞後方需加上主格助詞「이」或「가」。

④ 名詞最後一個字有尾音加「이」，名詞最後一個字無尾音加「가」。

生字

中文	韓文 & 拼音
衣服	옷 噢 / ot
鞋子	신발 心爸 / sin.bal
襪子	양말 羊馬兒 / yang.mal
褲子	바지 怕擠 / ba.ji

皮鞋	구두 苦堵 / gu.du
帽子	모자 摸紮 / mo.ja

句型練習

中文	韓文
不是衣服。	옷이 아니에요. 歐西 阿你耶呦 o.si/a.ni.e.yo
不是鞋子。	신발이 아니에요. 心爸里 阿你耶呦 sin.ba.ri/a.ni.e.yo
不是襪子。	양말이 아니에요. 羊馬里 阿你耶呦 yang.ma.ri/a.ni.e.yo
不是褲子。	바지가 아니에요. 怕擠嘎 阿你耶呦 ba.ji.ga/a.ni.e.yo
不是皮鞋。	구두가 아니에요. 苦堵嘎 阿你耶呦 gu.du.ga/a.ni.e.yo
不是帽子。	모자가 아니에요. 摸紮嘎 阿你耶呦 mo.ja.ga/a.ni.e.yo

句型 ❺

여기가 아니에요?
不是這裡嗎?

句型說明

① 「아니에요?」相當於中文的「不是…嗎?」。
② 韓語語順跟中文相反,中文說「不是這裡嗎?」, 韓文的語順為「這裡不是嗎?」。
③ 名詞最後一個字有尾音加「이」,名詞最後一個字 沒有尾音加「가」。

生字

中文	韓文 & 拼音
筆記型電腦	노트북 樓特不 / no.teu.buk
這個	이것 衣夠 / i.geot
毛巾	수건 蘇拱 / su.geon
這裡	여기 呦個意 / yeo.gi
狗	개 給 / gae

小孩	아이
	阿衣 / a.i

句型練習

中文	韓文
不是筆記型電腦嗎？	노트북이 아니에요?
	樓特不個衣 阿你耶呦
	no.teu.bu.gi/a.ni.e.yo
不是這個嗎？	이것이 아니에요?
	衣狗西 阿你耶呦
	i.geo.si/a.ni.e.yo
不是毛巾嗎？	수건이 아니에요?
	蘇拱你 阿你耶呦
	su.geo.ni/a.ni.e.yo
不是這裡嗎？	여기가 아니에요?
	呦個衣嘎 阿你耶呦
	yeo.gi.ga/a.ni.e.yo
不是狗嗎？	개가 아니에요?
	K 嘎 阿你耶呦
	gae.ga/a.ni.e.yo
不是小孩嗎？	아이가 아니에요?
	阿衣嘎 阿你耶呦
	a.i.ga/a.ni.e.yo

2
3
3

1 母音篇
2 子音篇
3 尾音
4 韓語基礎會話
5 韓語基本詞彙

句型 6

거기는 교실이 아니에요?

那裡不是教室嗎?

句型説明

① 韓語語順跟中文相反,中文説「那裡不是教室
  嗎?」,韓文的語順為「那裡教室不是嗎?」,此
  時,「那裡」為主詞。
② 主詞(名詞)最後一個字有尾音接「은」,無尾音
  接「는」。
③ 疑問句則使用「主詞은/는+名詞이/가 아니에요?」
  的句型。

生字

中文	韓文 & 拼音
工作、事情	일 衣兒 / il
這、這個 (後面接名詞)	이 衣 / i
人	사람 沙郎 / sa.ram
客人	손님 松濘 / son.nim

❷
❸
❹

秘書	비서 匹搜 / bi.seo

演員	배우 陪午 / bae.u

句型練習

中文	韓文
這個不是工作。	이것은 일이 아니에요. 衣狗神 衣里 阿你耶呦 i.geo.seun/i.ri/a.ni.e.yo
這個人不是客人。	이 사람은 손님이 아니에요. 衣 沙郎悶 松你咪 阿你耶呦 i/sa.ra.meun/son.ni.mi/a.ni.e.yo
那個女生不是惠英小姐。	그 여자는 혜영 씨가 아니에요. 科 呦能黑庸 系嘎 阿你耶呦 geu/yeo.ja.neun/hye.yeong/ssi.ga/a.ni.e.yo
秘書不是女生嗎？	비서님은 여자가 아니에요? 匹搜你悶 呦紮嘎 阿你耶呦 bi.seo.ni.meun/yeo.ja.ga/a.ni.e.yo
才俊不是演員嗎？	재준 씨는 배우가 아니에요? 賊尊 系能 陪午嘎 阿你耶呦 jae.jun/ssi.neun/bae.u.ga/a.ni.e.yo
那裡不是教室嗎？	거기는 교실이 아니에요? 口個衣能 可又西里 阿你耶呦 geo.gi.neun/gyo.si.ri/a.ni.e.yo

句型 7

네/아니요.
是的、不是

句型說明

① 「네/예」為敬語形肯定應答詞，相當於中文「是的、對、好的」。
② 「아니요」為敬語形否定應答詞，相當於中文「不、沒有、不是」。
③ 아니요也可以縮短念成「아뇨」。

會話 1

A 소파예요?
　嗽怕耶呦
　so.pa.ye.yo

B 네, 소파예요.
　內　嗽怕耶呦
　ne//so.pa.ye.yo

中譯 1

A：是沙發嗎？
B：對，是沙發。

會話 2

Ⓐ 개가 아니에요?
　 K嘎 阿你耶呦
　 gae.ga/a.ni.e.yo

Ⓑ 예, 개가 아니에요.
　 耶 K嘎 阿你耶呦
　 ye//gae.ga/a.ni.e.yo

中譯 2

A：不是狗，對嗎？
B：是的，不是狗。

會話 3

Ⓐ 지갑입니까?
　 七嘎餅你嘍
　 ji.ga.bim.ni.kka

Ⓑ 아니요, 지갑이 아닙니다.
　 阿你呦 七嘎逼 阿您你打
　 a.ni.yo//ji.ga.bi/a.nim.ni.da

中譯 3

A：是皮夾嗎？
B：不，不是皮夾。

❷
❸
❼

❶ 母音篇
❷ 子音篇
❸ 尾音
❹ 韓語基礎會話
❺ 韓語基本詞彙

句型 8

내 선물은 뭐예요?
我的禮物是什麼？

句型說明

① 「의」接在名詞後方，表示「…的」。
② 「의」當作所有格「的」時，發音為「에」。
③ 「의」在多數的情況下，可以省略。
④ 저의（我的）的縮寫用法為「제」。
⑤ 나의（我的）的縮寫用法為「내」。

生字

中文	韓文 & 拼音
奶奶	할머니 哈摸你 / hal.meo.ni
兒子	아들 阿的 / a.deul
姪子	조카 臭髂 / jo.ka
同事	동료 童六 / dong.nyo
生日	생일 先衣兒 / saeng.il

禮物	선물
	松木兒 / seon.mul

句型練習

中文	韓文
我的生日禮物是什麼？	내 생일 선물은 뭐예요? 累 先衣 松木冷 摸耶呦 nae/saeng.il/seon.mu.reun/mwo.ye.yo
這個是朋友的字典。	이것은 친구의 사전이에요. 衣狗神 親估耶 沙總你耶呦 i.geo.seun/chin.gu.ui/sa.jeo.ni.e.yo
那個是我的包包。	그것은 제 가방이에요. 可狗神 賊卡幫衣耶呦 geu.geo.seun/je/ga.bang.i.e.yo
媽媽的媽媽是奶奶。	어머니의 어머니는 할머니예요. 喔摸你耶 喔摸你能 哈摸你耶呦 eo.meo.ni.ui/eo.meo.ni.neun/hal.meo.ni.ye.yo
哥哥的兒子是姪子。	형의 아들은 조카예요. 呵庸耶 阿的冷 臭髂耶呦 hyeong.ui/a.deu.reun/jo.ka.ye.yo
那位是姊姊的同事。	저분은 누나의 동료예요. 醜不能 努那耶 同六耶呦 jeo.bu.neun/nu.na.ui/dong.nyo.ye.yo

會話 1

🅐 안녕하세요. 저는 장혜진이에요.

　安妞哈誰呦 醜能 長黑金你耶呦

　an.nyeong.ha.se.yo//jeo.neun/jang.hye.ji.ni.e.yo

B 만나서 반가워요.
蠻那搜 盤嘎我呦
man.na.seo/ban.ga.wo.yo

A 이름이 뭐예요?
衣冷咪 摸耶呦
i.reu.mi/mwo.ye.yo

B 저는 김현준이에요.
醜能 金呵庸尊你耶呦
jeo.neun/gim.hyeon.ju.ni.e.yo

A 현준 씨는 대만 사람이에요?
呵庸尊 系能 貼蠻 沙拉咪耶呦
hyeon.jun/ssi.neun/dae.man/sa.ra.mi.e.yo

B 아니요, 저는 한국 사람이에요.
阿你呦 醜能 憨估 沙拉咪耶呦
a.ni.yo//jeo.neun/han.guk/sa.ra.mi.e.yo

B 혜진 씨도 한국 사람이에요?
黑金 系豆 憨估 沙拉咪耶呦
hye.jin/ssi.do/han.guk/sa.ra.mi.e.yo

A 아니요, 저는 대만 사람이에요.
阿你呦 醜能 貼慢 沙拉咪耶呦
a.ni.yo//jeo.neun/dae.man/sa.ra.mi.e.yo

中譯 1

A：你好，我是張惠珍。

B：很高興見到妳。

A：你的名字是？

B：我是金賢俊。

240

A：賢俊先生你是台灣人嗎？

B：不，我是韓國人。

B：惠珍小姐妳也是韓國人嗎？

A：不，我是台灣人。

會話 2

Ⓐ 미연 씨는 의사예요?
咪庸 系能 衣沙耶呦
mi.yeon/ssi.neun/ui.sa.ye.yo

Ⓑ 네, 저는 의사예요.
內 醜能 衣沙耶呦
ne//jeo.neun/ui.sa.ye.yo

中譯 2

A：美妍小姐妳是醫生嗎？

B：是的，我是醫生。

會話 3

Ⓐ 여기는 한국어 교실이에요?
呦個衣能 憨估狗 可又西里耶呦
yeo.gi.neun/han.gu.geo/gyo.si.ri.e.yo

Ⓑ 아니요. 여기는 한국어 교실이 아니에요.
阿你呦 呦個衣能 憨估狗 可又西里 阿你耶呦
a.ni.yo//yeo.gi.neun/han.gu.geo/gyo.si.ri/a.ni.e.yo

Ⓑ 영어 교실이에요.
泳喔 可又西里耶呦
yeong.eo/gyo.si.ri.e.yo

❷
❹
❶

1
母音篇

2
子音篇

3
尾音

❹
韓語基礎會話

5
韓語基本調彙

中譯 3

A：這裡是韓國語教室嗎？
B：不，這裡不是韓國語教室。
B：是英語教室。

會話 4

Ⓐ 나영 씨, 이것이 뭐예요?
那庸 系 衣狗西 摸耶呦
na.yeong/ssi//i.geo.si/mwo.ye.yo

Ⓑ 그것은 시계예요.
可狗神 西給耶呦
geu.geo.seun/si.gye.ye.yo

Ⓐ 저것도 시계예요?
醜狗豆 西給耶呦
jeo.geot.tto/si.gye.ye.yo

Ⓑ 아니요, 저것은 그림이에요.
阿你呦 醜狗神 可里咪耶呦
a.ni.yo//jeo.geo.seun/geu.ri.mi.e.yo

中譯 4

A：娜英小姐，這是什麼？
B：那是時鐘。
A：那個也是時鐘嗎？
B：不，那個是圖畫。

閱讀

여러분, 안녕하세요.
나는 강세민이에요.
여기는 제 방이에요.
이것은 의자예요.
그것은 컴퓨터가 아니에요.
텔레비전이에요.
저것은 연예인 포스터예요.
제 사진이 아니에요.
내일은 한국어 수업이에요.
이것은 한국어 숙제예요.

中譯：

大家好。
我是姜世民。
這裡是我的房間。
這是椅子。
那個不是電腦。
是電視。
那個是藝人的海報。
不是我的照片。
明天是韓國語課程。
這個是韓國語作業。

❷
❹
❸
① 母音篇
② 子音篇
③ 尾音
❹ 韓語基礎會話
⑤ 韓語基本詞彙

Lesson

3 신문이 있어요?

有報紙嗎？

句型 ❶

친구가 있어요.

有朋友。

句型説明

① 있다 表示「有」和「在」的意思。

② 있다 (有) ＋습니다. (格式體尊敬形終結語尾－敍述形) →있습니다.

③ 있다 (有) ＋습니까? (格式體尊敬形終結語尾－疑問形) →있습니까?

④ 있다 (有) ＋어요. (非格式體尊敬形終結語尾－敍述形) →있어요.

⑤ 있다 (有) ＋어요? (非格式體尊敬形終結語尾－疑問形) →있어요?

生字

中文	韓文 & 拼音
剪刀	가위
	卡烏衣 / ga.wi

紙	종이 宗衣 / jong.i
朋友	친구 親古 / chin.gu
問題、提問	질문 七兒母 / jil.mun
時間	시간 西乾 / si.gan

句型練習

中文	韓文
有剪刀。	가위가 있습니다. 卡烏衣嘎 衣森你打 ga.wi.ga/it.sseum.ni.da
有紙嗎？	종이가 있습니까? 宗衣嘎 衣森你嘎 jong.i.ga/it.sseum.ni.kka
有朋友。	친구가 있어요. 親估嘎 衣搜呦 chin.gu.ga/i.sseo.yo
有問題嗎？	질문이 있어요? 七母你 衣搜呦 jil.mu.ni/i.sseo.yo
有時間嗎？	시간이 있어요? 西嘎你 衣搜呦 si.ga.ni/i.sseo.yo

句型 ❷

> 돈이 없어요?
> 沒有錢嗎?

句型説明

① 없다 表示「沒有」和「不在」的意思。
② 없다(沒有)＋습니다.（格式體尊敬形終結語尾
　－敘述形）→없습니다.
③ 없다(沒有)＋습니까?（格式體尊敬形終結語尾
　－疑問形）→없습니까?
④ 없다(沒有)＋어요.（非格式體尊敬形終結語尾
　－敘述形）→없어요.
⑤ 없다(沒有)＋어요?（非格式體尊敬形終結語尾
　－疑問形）→없어요?

生字

中文	韓文 & 拼音
女朋友	여자친구 呦槳親古 / yeo.ja.chin.gu
作業	숙제 速賊 / suk.jje
藥	약 呀 / yak
錢	돈 同 / don

姊姊	언니
（女生使用）	翁你 / eon.ni

水	물
	木兒 / mul

句型練習

中文	韓文
沒有女朋友。	여자친구가 없습니다. 呦紫親估嘎 喔森你打 yeo.ja.chin.gu.ga/eop.sseum.ni.da
沒有作業嗎？	숙제가 없습니까? 速賊嘎 喔森你嘎 suk.jje.ga/eop.sseum.ni.kka
沒有藥。	약이 없어요. 呀個衣 喔不搜呦 ya.gi/eop.sseo.yo
沒有錢嗎？	돈이 없어요? 同你 喔不搜呦 do.ni/eop.sseo.yo
沒有姊姊嗎？	언니가 없습니까? 翁你嘎 喔森你嘎 eon.ni.ga/eop.sseum.ni.kka
Ⓐ 沒有小嗎？	물이 없니요? 母里 喔不搜呦 mu.ri/eop.sseo.yo
Ⓑ 是的，沒有。	네, 없어요. 內 喔不搜呦 ne//eop.sseo.yo

（右側標籤）
② 母音篇
② 子音篇
③ 尾音
❹ 韓語基礎會話
⑤ 韓語基本詞彙

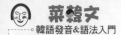

句型 ❸

> 지갑에 돈이 있어요.
> 皮夾裡有錢。

句型說明

① 助詞「에」接在表示地方或場所的名詞後方，表示某人或某物所在的「位置」。

② 있다（有）＋습니다.（格式體尊敬形終結語尾－敘述形）→있습니다.

③ 있다（有）＋습니까?（格式體尊敬形終結語尾－疑問形）→있습니까?

④ 있다（有）＋어요.（非格式體尊敬形終結語尾－敘述形）→있어요.

⑤ 있다（有）＋어요?（非格式體尊敬形終結語尾－疑問形）→있어요?

生字

中文	韓文 & 拼音
書桌	책상 賊商 / chaek.ssang
包包	가방 卡邦 / ga.bang
咖啡廳	커피숍 扣屁秀 / keo.pi.syop

化妝室	화장실 花髒西兒 / hwa.jang.sil
人	사람 沙朗 / sa.ram
錢	돈 銅 / don

句型練習

中文	韓文
書桌上有剪刀。	책상에 가위가 있습니다. 賊商 A 卡烏衣嘎 意森你打 chaek.ssang.e/ga.wi.ga/it.sscum.ni.da
包包裡有紙嗎？	가방에 종이가 있습니까? 卡幫 A 宗衣嘎 衣森你嘎 ga.bang.e/jong.i.ga/it.sseum.ni.kka
咖啡廳有朋友。	커피숍에 친구가 있어요. 摳屁秀貝 親估嘎 衣搜呦 keo.pi.syo.be/chin.gu.ga/i.sseo.yo
教室裡有學生嗎？	교실에 학생이 있어요? 可又西類 哈先衣 衣搜呦 gyo.si.re/hak.ssaeng.i/i.sseo.yo
廁所裡有人嗎？	지실에 사람이 있습니까? 花髒西類 沙拉咪 你森你嘎 hwa.jang.si.rc/sa.ra.mi/it.sseum.ni.kka
皮夾裡有錢。	지갑에 돈이 있어요. 七嘎貝 銅你 衣搜呦 ji.ga.be/do.ni/i.sseo.yo

2
4
9

1 母音篇
2 子音篇
3 尾音
4 韓語基礎會話
5 韓語基本詞彙

句型 ④

가방에 돈이 없어요?
包包裡沒有錢嗎？

句型說明

①助詞「에」接在表示地方或場所的名詞後方，表示
某人或某物所在的「位置」。

②없다（沒有）＋습니다.（格式體尊敬形終結語尾
－敘述形）→없습니다.

③없다（沒有）＋습니까?（格式體尊敬形終結語尾
－疑問形）→없습니까?

④없다（沒有）＋어요.（非格式體尊敬形終結語尾
－敘述形）→없어요.

⑤없다（沒有）＋어요?（非格式體尊敬形終結語尾
－疑問形）→없어요?

生字

中文	韓文 & 拼音
書櫃	책장 賊障 / chaek.jjang
書	책 賊 / chaek
會議室	회의실 灰衣西兒 / hoe.ui.sil

人	사람 沙郎 / sa.ram
家	집 擠 / jip
衛生紙	휴지 呵 U 擠 / hyu.ji

句型練習

中文	韓文
書櫃裡沒有書。	책장에 책이 없습니다. 賊障 A 賊個衣 喔森你打 chaek.jjang.e/chae.gi/eop.sseum.ni.da
會議室裡沒有人嗎？	회의실에 사람이 없습니까? 灰衣西類 沙拉咪 喔森你嘎 hoe.ui.si.re/sa.ra.mi/eop.sseum.ni.kka
家裡沒有藥。	집에 약이 없어요. 擠貝 呀個衣 喔搜呦 ji.be/ya.gi/eop.sseo.yo
廁所裡沒有衛生紙嗎？	화장실에 휴지가 없어요? 花醬西類 呵 U 擠嘎 喔搜呦 hwa.jang.si.re/hyu.ji.ga/eop.sseo.yo
房間裡沒有人嗎？	방에 사람이 없습니까? 旁 A 沙拉咪 喔森你嘎 bang.e/sa.ra.mi/eop.sseum.ni.kka
包包裡沒有錢嗎？	가방에 돈이 없어요? 卡幫 A 銅你 喔不搜呦 ga.bang.e/do.ni/eop.sseo.yo

2
5
1

1 母音篇
2 子音篇
3 尾音
4 韓語基礎會話
5 韓語基中調彙

句型 ❺

야채하고 고기가 있어요?
有蔬菜和肉嗎？

句型說明

① 助詞「하고」接在名詞後方，用來連接兩個名詞。
② 「하고」為口語用法，相當於中文的「和、跟、
與」。
③ 「하고」直接接在名詞後方，不需判斷前方名詞是
否有尾音。

生字

中文	韓文 & 拼音
蔬菜	야채 呀賊 / ya.chae
肉	고기 個衣 / go.gi
護照	여권 呦果恩 / yeo.gwon
粉筆	분필 撲恩匹兒 / bun.pil
黑板	칠판 七兒盤 / chil.pan

姊姊	누나
(男生用語)	努那 / nu.na

句型練習

中文	韓文
有爸爸和媽媽。	아버지하고 어머니가 있어요. 阿波擠哈溝 喔摸你嘎 衣搜呦 a.beo.ji.ha.go/eo.meo.ni.ga/i.sseo.yo
沒有姊姊和哥哥。	언니하고 오빠가 없어요. 翁你哈溝 歐爸嘎 喔不搜呦 eon.ni.ha.go/o.ppa.ga/eop.sseo.yo
有蔬菜和肉嗎？	야채하고 고기가 있습니까? 呀賊哈溝 口個衣嘎 衣森你嘎 ya.chae.ha.go/go.gi.ga/it.sseum.ni. kka
沒有護照和錢。	여권하고 돈이 없습니다. 呦果恩哈溝 銅你 喔森你打 yeo.gwon.ha.go/do.ni/eop.sseum.ni.da
家裡有姊姊和哥哥。	집에 누나하고 형이 있어요. 擠貝 努那哈溝 阿庸衣 衣搜呦 ji.be/nu.na.ha.go/hyeong.i/i.sseo.yo
教室裡沒有粉筆 和黑板。	교실에 분필하고 칠판이 없어요. 可又西累撲匹兒哈溝七盤你喔摠呦 gyo.si.re/bun.pil.ha.go/chil.pa.ni/ eop.sseo.yo

❷❺❸

1 母音篇
2 子音篇
3 尾音
4 韓語基礎會話
5 韓語基本詞彙

句型 ❻

공책과 펜이 있어요.

有筆記本和筆。

句型說明

① 助詞「와/과」接在名詞後方，用來連接兩個名詞。
② 「와/과」為書面體，相當於中文的「和、跟、與」。
③ 名詞最後一個字有尾音接「과」。
④ 名詞最後一個字無尾音接「와」。

生字

中文	韓文 & 拼音
餐桌	식탁 系踏 / sik.tak
飯	밥 怕不 / bap
菜、小菜	반찬 盤餐 / ban.chan
路上、路邊	길 季兒 / gil
便利超商	편의점 票你總 / pyeo.nui.jeom

| 香菸 | 담배 |
| | 談北 / dam.bae |

句型練習

中文	韓文
有筆記本和筆。	공책과 펜이 있어요. 恐賊瓜 配你 衣搜呦 gong.chaek.kkwa/pe.ni/i.sseo.yo
沒有剪刀和紙張。	가위와 종이가 없어요. 卡五衣挖 總衣嘎 喔不搜呦 ga.wi.wa/jong.i.ga/eop.sseo.yo
這裡有藥和水。	여기에 약과 물이 있습니다. 呦個衣A 呀瓜 母里 衣森你打 yeo.gi.e/yak.kkwa/mu.ri/it.sseum.ni.da
餐桌上沒有飯和小菜。	식탁에 밥과 반찬이 없습니다. 系踏給 怕瓜 盤餐喔 喔森你打 sik.ta.ge/bap.kkwa/ban.cha.ni/eop.sseum.ni.da
路上有狗和貓咪。	길에 개와 고양이가 있어요. 季類 給挖 口羊衣嘎 衣搜呦 gi.re/gae.wa/go.yang.i.ga/i.sseo.yo
便利商店有香菸和啤酒嗎？	편의점에 담배와 맥주가 있어요? 票你總妹 談貝挖 妹主嘎 衣搜咻 pyeo.nui.jeo.me/dam.bae.wa/maek.jju.ga/i.sseo.yo

句型 7

영수증 주세요.

請給我收據。

句型説明

① 由 주다（給）＋(으)세요.（尊敬形終結語尾－命令形）所組成。

② 「주다」為動詞，表示「給、給予」。

③ 「주세요」前方接名詞，可以表示「有禮貌地請聽話者給自己某物」。

生字

中文	韓文 & 拼音
收據	영수증 永蘇證 / yeong.su.jeung
咖啡	커피 摳屁 / keo.pi
一點、稍微	좀 綜 / jom
菜單	메뉴 妹呢 U / me.nyu
鹽	소금 嗽跟 / so.geum

胡椒粉	후춧가루
	乎粗嘎魯 / hu.chut.kka.ru

句型練習

中文	韓文
請給我收據。	영수증 주세요. 永蘇證 租誰呦 yeong.su.jeung/ju.se.yo
請給我咖啡。	커피 주세요. 摳屁 租誰呦 keo.pi/ju.se.yo
請給我水。	물 좀 주세요. 母兒 綜 租誰呦 mul/jom/ju.se.yo
請給我菜單。	메뉴 주세요. 妹呢U 租誰呦 me.nyu/ju.se.yo
請給我一點時間。	시간 좀 주세요. 西乾 綜 租誰呦 si.gan/jom/ju.se.yo
請給我鹽和胡椒粉。	소금하고 후춧가루 주세요. 嗽跟哈溝 呼粗嘎魯 租誰呦 so.geum.ha.go/hu.chut.kka.ru/ju.se.yo

句型 8

이것/그것/저것

這個/那個/那個

句型說明

① 이것（這個）為代名詞，通常表示該事物，離談話者近。

② 그것（那個）為代名詞，通常表示該事物，離聽話者近，或雙方都心裡知道的事物。

③ 저것（那個）為代名詞，通常表示該事物，離聽話者和談話者都遠。

④ 「이것은」的口語用法為「이거는」。

⑤ 「그것은」的口語用法為「그거는」。

⑥ 「저것은」的口語用法為「저거는」。

生字

中文	韓文 & 拼音
名片	명함 謬喊 / myeong.ham
果汁	주스 組思 / ju.seu
什麼 (무엇的略語)	뭐 摸 / mwo

雨傘	우산 烏傘 / u.san
門	문 母恩 / mun
那個	저거 醜狗 / jeo.geo

句型練習

中文	韓文
這個是名片。	이것은 명함이에요. 衣狗森 謬哈咪耶呦 i.geo.seun/myeong.ha.mi e.yo
那個是果汁。	그것은 주스예요. 可狗森 組思耶呦 geu.geo.seun/ju.seu.ye.yo
那個是什麼？	저것은 뭐에요? 醜狗森 摸耶呦 jeo.geo.seun/mwo.ye.yo
這個是雨傘。	이거는 우산이에요. 衣狗能 烏沙你耶呦 i.geo.neun/u.sa.ni.e.yo
那個是咖啡。	그거는 커피예요 可狗能 摳匹耶呦 geu.geo.neun/keo.pi.ye.yo
那個是門。	저거는 문이에요. 醜狗能 母你耶呦 jeo.geo.neun/mu.ni.e.yo

會話 1

Ⓐ 봉투가 있어요?
朋吐嘎 衣搜呦
bong.tu.ga/i.sseo.yo

Ⓑ 네, 있어요.
內 衣搜呦
ne//i.sseo.yo

Ⓐ 편지지도 있어요?
匹永基基豆 衣搜呦
pyeon.ji.ji.do/i.sseo.yo

Ⓑ 네, 편지지도 있어요.
內 匹永基基豆 衣搜呦
ne//pyeon.ji.ji.do/i.sseo.yo

Ⓐ 봉투하고 편지지 주세요.
朋吐哈溝 匹永基基 租誰呦
bong.tu.ha.go/pyeon.ji.ji/ju.se.yo

Ⓑ 여기 있어요.
呦個衣 衣搜呦
yeo.gi/i.sseo.yo

Ⓐ 고맙습니다.
口罵森你打
go.map.sseum.ni.da

Ⓑ 그거는 뭐예요?
可狗能 摸耶呦
geu.geo.neun/mwo.ye.yo

Ⓐ 이거는 메모지예요.
衣狗能 妹摸擠耶呦
i.geo.neun/me.mo.ji.ye.yo

Ⓑ 메모지도 주세요.
妹摸幾豆 租誰呦
me.mo.ji.do/ju.se.yo

中譯 1

A：有信封嗎？
B：是的，有。
A：也有信紙嗎？
B：是的，也有信紙。
A：請給我信封和信紙。
B：在這裡。
A：謝謝。
B：那是什麼？
A：這是便條紙。
B：也請給我便條紙。

會話 2

Ⓐ 비옷이 있어요?
匹烏西 衣搜呦
hi.o.si/i.sseo.yo

Ⓑ 아니요, 없어요.
阿你呦 喔不搜呦
a.ni.yo//eop.sseo.yo

中譯 2

A：有雨衣嗎？
B：不，沒有。

會話 3

Ⓐ 수정액이 있어요?
蘇宗A個衣 衣搜呦
su.jeong.ae.gi/i.sseo.yo

Ⓑ 네, 있어요.
內 衣搜呦
ne//i.sseo.yo

Ⓑ 필통에 수정액이 있어요.
匹兒筒A 蘇宗A個衣 衣搜呦
pil.tong.e/su.jeong.ae.gi/i.sseo.yo

中譯 3

A：有修正液嗎？
B：是的，有。
B：鉛筆盒裡有修正液。

會話 4

Ⓐ 아이스커피가 있어요?
阿衣思摳屁嘎 衣搜呦
a.i.seu.keo.pi.ga/i.sseo.yo

Ⓑ 네, 있어요.
內 衣搜呦
ne//i.sseo.yo

Ⓐ 우롱차가 있어요?
烏龍茶嘎 衣搜呦
u.rong.cha.ga/i.sseo.yo

Ⓑ 아니요, 없어요.
阿你呦 喔搜呦
a.ni.yo//eop.sseo.yo

Ⓐ 그럼 아이스커피 주세요.
可龍 阿衣思口屁 租誰呦
geu.reom/a.i.seu.keo.pi/ju.se.yo

中譯 4

A：有冰咖啡嗎？
B：是的，有。
A：有烏龍茶嗎？
Ｄ：木，沒有。
A：那麼，請給我冰咖啡。

閱讀短文

안녕하세요?
저는 고등학생 2학년이에요.
여기는 우리 교실이에요.
지금은 수업 시간이 아니에요.
그래서 학생이 없어요.
교실에 책상과 의자, 칠판, 시계가 있어요.
선풍기도 있어요.
에어컨은 없어요.
이것은 제 책상이에요.
책상 서랍 안에 책이 많이 있어요.

中譯：

你好嗎？
我是高中二年級。
這裡是我們教室。
現在不是上課時間。
所以，沒有學生。
教室裡有書桌和椅子、黑板、時鐘。
也有電風扇。
沒有空調。
這個是我的書桌。
書桌抽屜裡有很多書。

Lesson

4 한국요리가 맛있어요.

韓國菜好吃。

句型 1

動詞、形容詞語幹＋(ㅂ)습니다.

句型説明

① (ㅂ)습니다為「格式體尊敬形終結語尾－敘述形」，用來表示對聽話者的尊敬。一般使用在較正式的場合上，例如演講、開會、播報新聞、生意場合，和長輩談話等。

② 接在動詞、形容詞或敘述格助詞이다的語幹後方。

③ 語幹為「다」前方那個字。

④ 當語幹有尾音時，接「습니다.」，當語幹無尾音時，接「ㅂ니다.」

例如 오다 (來) ＋ㅂ니다 → 옵니다.

읽다 (讀) ＋습니다 → 읽습니다.

2 6 5
1 母音篇
2 子音篇
3 尾音
4 韓語基礎會話
5 韓語基本詞彙

句型練習

單字	句子
비싸다 [形] 貴	비싸 (無尾音) + ㅂ니다 → 비쌉니다. 匹三你打 bi.ssam.ni.da
크다 [形] 大	크 (無尾音) + ㅂ니다 → 큽니다. 坑你打 keum.ni.da
멋있다 [形] 帥、酷	멋있 (有尾音) + 습니다 → 멋있습니다. 摸西森你打 meo.sit.sseum.ni.da
깨끗하다 [形] 乾淨	깨끗하 (無尾音) + ㅂ니다 → 깨끗합니다. 給個攤你打 kkae.kkeu.tam.ni.da
나쁘다 [形] 差、不好	나쁘 (無尾音) + ㅂ니다 → 나쁩니다. 那奔你打 na.ppeum.ni.da
가다 [動] 去、前往	가 (無尾音) + ㅂ니다 → 갑니다. 砍咪打 gam.ni.da
먹다 [動] 吃	먹 (有尾音) + 습니다 → 먹습니다. 莫森你打 meok.sseum.ni.da

句型 ❷

動詞、形容詞語幹＋(ㅂ)습니까?

句型說明

① (ㅂ)습니까?為「格式體尊敬形終結語尾－疑問形」，使用在疑問句上，用來向聽話者提出疑問。

② 接在動詞、形容詞或敘述格助詞이다的語幹後方。

③ 當語幹有尾音時，接「습니까?」。

④ 當語幹無尾音時，接「ㅂ니까?」。

例如：예쁘다（漂亮）＋ㅂ니까→예쁩니까?（漂亮嗎？）

맛있다（好吃）＋습니까→맛있습니까?（好吃嗎？）

句型練習

單字	句子
좋다 **形**	좋（有尾音）＋습니까?
好、喜歡	→ 좋습니까?
	醜森你嘎
	jo.ooooum.ni.kka
건강하다 **形**	건강하（無尾音）＋ㅂ니까?
健康	→ 건강합니까?
	恐肝憨你嘎
	geon.gang.ham.ni.kka

❷❻❼ 1 母音篇 2 子音篇 3 尾音 4 韓語基礎會話 5 韓語基本詞彙

句型練習

單字	句子
쉽다 **[形]** 簡單	쉽（有尾音）＋습니까? → 쉽습니까? 需森你嘎 swip.sseum.ni.kka
어렵다 **[形]** 困難	어렵（有尾音）＋습니까? → 어렵습니까? 喔溜森你嘎 eo.ryeop.sseum.ni.kka
오다 **[動]** 來	오（無尾音）＋ㅂ니까? → 옵니까? 翁你嘎 om.ni.kka
만나다 **[動]** 見面	만나（無尾音）＋ㅂ니까? → 만납니까? 蠻那你嘎 man.nam.ni.kka
마시다 **[動]** 喝	마시（無尾音）＋ㅂ니까? → 마십니까? 馬心你嘎 ma.sim.ni.kka
듣다 **[動]** 聽	듣（有尾音）＋습니까? → 듣습니까? 特森你嘎 deut.sseum.ni.kka
닫다 **[動]** 關（窗、門）	닫（有尾音）＋습니까? → 닫습니까? 踏森你嘎 dat.sseum.ni.kka

句型 ❸

動詞、形容詞語幹 + 아요.

句型說明

① 아요為「非格式體尊敬形終結語尾」，和格式體尊敬形的「(ㅂ)습니다」相比，雖然較不正式，卻是韓國人日常生活中最常用的尊敬形態。

② 接在動詞、形容詞的語幹後方。

③ 可以當作敘述句和疑問句使用，若使用在疑問句上，句尾音調要上揚。

④ 當語幹的母音是「ㅏ或ㅗ」時，接「아요」。

句型練習

單字	句子
좋다 **形** 好、喜歡	좋 (母音ㅗ) + 아요. → 좋아요. 　醜阿呦 　jo.a.yo
자다 **動** 睡覺	자 (母音ㅏ) + 아요. → 자아요. (要合併) → 자요. 　差呦 　ja.yo
사다 **動** 買	사 (母音ㅏ) + 아요. → 사아요. (要合併) → 사요. 　沙呦 　sa.yo

❷ ❻ ❾

1 母音篇
2 子音篇
3 尾音
4 韓語基礎會話
5 韓語基本詞彙

句型練習

單字	句子
오다 [動] 來	오 (母音ㅗ) +아요? → 오아요?（要合併） → 와요? 哇呦 wa.yo
많다 [形] 多	많 (母音ㅏ) +아요? → 많아요? 馬那呦 ma.na.yo
가다 [動] 去、前往	가 (母音ㅏ) +아요? → 가아요?（要合併） → 가요? 卡呦 ga.yo
만나다 [動] 見面	만나 (母音ㅏ) +아요. → 만나아요.（要合併） → 만나요. 蠻那呦 man.na.yo
보다 [動] 看	보 (母音ㅗ) +아요. → 보아요.（要合併） → 봐요. 怕呦 bwa.yo
살다 [動] 居住、活	살 (母音ㅏ) +아요? → 살아요? 沙拉呦 sa.ra.yo

句型 ❹

動詞、形容詞語幹 ＋ 어요.

句型說明

① 어요為「非格式體尊敬形終結語尾」，和格式體尊
敬形的「(ㅂ)습니다」相比，雖然較不正式，卻是
韓國人日常生活中最常用的尊敬形態。

② 接在動詞、形容詞的語幹後方。

③ 可以當作敘述句和疑問句使用，若使用在疑問句
上，句尾音調要上揚。

④ 當語幹的母音不是「ㅏ或ㅗ」時，接「어요」。

句型練習

單字	句子
멋있다 [形] 帥、酷	멋있 (母音 ㅣ) ＋어요. → 멋있어요. 摸西搜呦 meo.si.sseo.yo
없다 [形] 沒有、不在	없 (母音 ㅓ) ＋어요. → 없어요. 喔搜呦 eop.sseo.yo
있다 [形] 有、在	있 (母音 ㅣ) ＋어요. → 있어요. 衣搜呦 i.sseo.yo

❷
❼
❶

1 母音篇
2 子音篇
3 尾音
4 韓語基礎會話
5 韓語基本詞彙

句型練習

單字	句子
읽다 [動] 閱讀	읽 (母音ㅣ) +어요. → 읽어요. 衣兒夠呦 il.geo.yo
배우다 [動] 學習	배우 (母音ㅜ) +어요. → 배우어요. (要合併) → 배워요. 陪我呦 bae.wo.yo
주다 [動] 給	주다 (母音ㅜ) +어요. → 주어요. (要合併) → 줘요. 左呦 jwo.yo
지내다 [動] 度過	지내 (母音ㅐ) +어요? → 지내어요? (要合併) → 지내요. 七內呦 ji.nae.yo
쉬다 [動] 休息	쉬 (母音ㅟ) +어요? → 쉬어요? 需喔呦 swi.eo.yo
먹다 [動] 吃	먹 (母音ㅓ) +어요? → 먹어요? 摸夠呦 meo.geo.yo

句型 ⑤

하다類語幹 + 해요.

句型說明

① 「여요」為「非格式體尊敬形終結語尾」，用來對聽話者表示尊敬，可以當作敘述句和疑問句使用，若使用在疑問句上，句尾音調要上揚。

② 接在語幹是「하다」的動詞或形容詞語幹後方。

③ 하다類的詞彙，接「여요」，不過語幹「하+여요」會結合成「해요」。

句型練習

單字	句子
건강하다 [形] 健康	건강 + 해요. → 건강해요. 恐剛黑呦 geon.gang.hae.yo
따뜻하다 [形] 溫暖	따뜻 + 해요. → 따뜻해요. 搭的貼呦 tta.tteu.tae.yo
조용하다 [形] 安靜	조용 + 해요. → 조용해요. 醜庸黑呦 jo.yong.hae.yo

② ⑦ ③

1 母音篇
2 子音篇
3 尾音
4 韓語基礎會話
5 韓語基本詞彙

句型練習

單字	句子
요리하다 **動** 做菜	요리 + 해요. → 요리해요. 呦里黑呦 yo.ri.hae.yo
숙제하다 **動** 寫作業	숙제 + 해요? → 숙제해요? 速賊黑呦 suk.jje.hae.yo
좋아하다 **動** 喜歡	좋아 + 해요? → 좋아해요? 醜阿黑呦 jo.a.hae.yo
싫어하다 **動** 討厭	싫어 + 해요? → 싫어해요? 西囉黑呦 si.reo.hae.yo
졸업하다 **動** 畢業	졸업 + 해요? → 졸업해요? 醜囉配呦 jo.reo.pae.yo
전화하다 **動** 打電話	전화 + 해요? → 전화해요? 寵花黑呦 jeon.hwa.hae.yo
수영하다 **動** 游泳	수영 + 해요? → 수영해요? 酥泳黑呦 su.yeong.hae.yo

句型 ❻

主詞＋形容詞

句型説明

① 「主詞＋形容詞」是韓語的基本句型之一，用來表示主詞的狀態。

② 主詞（名詞）後方，需接「主格助詞이/가」，助詞後方需空一格。

③ 名詞最後一個字有尾音，接「이」。最後一個字無尾音，接「가」。

④ 此句型的詳細組成成份為「主詞＋主格助詞＋形容詞＋終結語尾」。

生字

中文	韓文 & 拼音
漂亮	예쁘다 耶弇打 / ye.ppeu.da
胖	뚱뚱하다 蹲蹲哈打 / ttung.ttung.ha.da
可愛	귀엽다 鬼呦汀 / gwi.yeop.tta
高	높다 漏打 / nop.tta
好吃	맛있다 馬西打 / ma.sit.tta

便宜	싸다
	沙打 / ssa.da

句型練習

中文	韓文
姊姊漂亮。	누나가 예쁩니다. 努那嘎 耶奔你打 nu.na.ga/ye.ppeum.ni.da
哥哥胖。	형이 뚱뚱해요. 阿庸衣 蹲蹲黑呦 hyeong.i/ttung.ttung.hae.yo
小孩可愛。	아이가 귀엽습니다. 阿衣嘎 鬼又森你打 a.i.ga/gwi.yeop.sseum.ni.da
大樓高。	아파트가 높아요. 阿怕特嘎 漏怕呦 a.pa.teu.ga/no.pa.yo
辣炒年糕好吃。	떡볶이가 맛있어요. 豆播個衣嘎 馬西搜呦 tteok.ppo.kki.ga/ma.si.sseo.yo
橘子便宜。	귤이 싸요. Q 里 沙呦 gyu.ri/ssa.yo

句型 ❼

主詞＋自動詞

句型説明

① 「主詞＋自動詞」是韓語的基本句型之一，用來表示主詞的行為動作。

② 主詞（名詞）後方，需接「主格助詞이/가」，助詞後方需空一格。

③ 「自動詞」指由主語本身進行該動作的動詞，前面不需要加上表示動作對象的受詞。例如，「가다去」、「뛰다 跑」、「울다 哭」等動詞。

④ 此句型的詳細組成成份為「主詞＋主格助詞＋自動詞＋終結語尾」。

生字

中文	韓文 & 拼音
走路	걷다 口打 / geot.tta
跑、跳	뛰다 對打 / ttwi.da
地鐵	지하철 七哈湊兒 / ji.ha.cheol
奔馳	달리다 他兒里打 / dal.li.da

❷❼❼

① 母音篇
② 子音篇
③ 尾音
④ 韓語基礎會話
⑤ 韓語基中閱彙

嬰兒	아기 阿個衣 / a.gi
哭	울다 烏兒打 / ul.da

句型練習

中文	韓文
朋友走路。	친구가 걷습니다. 親估嘎 口森你打 chin.gu.ga/geot.sseum.ni.da
那個人走。	그 사람이 가요. 可 沙拉咪 卡呦 geu/sa.ra.mi/ga.yo
公車來。	버스가 와요. 波斯嘎 挖呦 beo.seu.ga/wa.yo
小男孩跑。	남자 아이가 뛰어요. 南渣 阿衣嘎 對喔呦 nam.ja/a.i.ga/ttwi.eo.yo
地鐵奔馳。	지하철이 달립니다. 七哈湊里 他兒林你打 ji.ha.cheo.ri/dal.lim.ni.da
嬰兒哭。	아기가 울어요. 阿個衣嘎 烏囉呦 a.gi.ga/u.reo.yo

句型 8

主詞 + 受詞 + 他動詞

句型説明

① 「主詞+受詞+他動詞」是韓語的基本句型之一，
　用來表示主詞的動作行為。
② 主詞（名詞）後方，需接「主格助詞이/가」，助
　詞後方需空一格。
③ 受詞（名詞）後方，需接「受格助詞을/를」，助
　詞後方需空一格。
④ （受詞）名詞最後一個字有尾音，接助詞「을」。
⑤ （受詞）名詞最後一個字無尾音，接助詞「를」。
⑥ 「他動詞」指動詞前方要加上表示動作對象的受
　詞，這樣意思才完整。
⑦ 此句型的詳細組成成份為「主詞+主格助詞+受詞
　+受格助詞+他動詞+終結語尾」。

生字

中文	韓文 & 拼音
水果	과일 誇衣兒 / gwu.il
等待	기다리다 季搭理打 / gi.da.ri.da
奶奶	할머니 哈兒摸你 / hal.meo.ni

喝、吃 (敬語)	드시다 特西打 / deu.si.da
音樂	음악 恩罵 / eu.mak
聽	듣다 特打 / deut.tta

句型練習

中文	韓文
媽媽買水果。	어머니가 과일을 삽니다. 喔摸你嘎 誇衣惹 三你打 eo.meo.ni.ga/gwa.i.reul/ssam.ni.da
爸爸等朋友。	아버지가 친구를 기다려요. 阿波擠嘎 親古惹 季打六呦 a.beo.ji.ga/chin.gu.reul/kki.da.ryeo.yo
奶奶喝咖啡。	할머니가 커피를 드십니다. 哈兒摸你嘎 扣屁惹 特新你打 hal.meo.ni.ga/keo.pi.reul/tteu.sim.ni.da
弟弟讀書。	동생이 책을 읽습니다. 銅先衣 賊歌 意森你打 dong.saeng.i/chae.geul/ik.sseum.ni.da
客人看菜單。	손님이 메뉴를 봐요. 松你咪 妹呢U惹 怕呦 son.ni.mi/me.nyu.reul/ppwa.yo

俊英先生聽音樂。　준영 씨가 음악을 듣습니다.
尊庸 系嘎 恩罵歌 特森你打
ju.nyeong/ssi.ga/eu.ma.geul/
tteut.sseum.ni.da

會話 1

A 여기에 뭐가 맛있습니까?
呦個衣A 摸嘎 馬西森你嘎
yeo.gi.e/mwo.ga/ma.sit.sseum.ni.kka

B 냉면이 맛있습니다.
累謬你 馬西森你打
naeng.myeo.ni/ma.sit.sseum.ni.da

B 비빔냉면하고 물냉면이 있습니다.
匹賓累謬恩哈溝 母兒累謬你 意森你打
bi.bim.naeng.myeon.ha.go/mul.laeng.myeo.ni/
it.sseum.ni.da

A 비빔냉면은 맵습니까?
匹賓累謬能 妹森你嘎
bi.bim.naeng.myeo.neun/maep.sseum.ni.kka

B 네, 맵습니다.
內 妹森你打
ne//maep.sseum.ni.da

A 그럼, 물냉면 주세요.
可攏 母兒累謬 租誰呦
geu.reom//mul.laeng.myeon/ju.se.yo

B 알겠습니다.
阿兒給森你打
al.kket.sseum.ni.da

A 이 반찬이 뭐예요?
衣 盤餐你 摸耶呦
i/ban.cha.ni/mwo.ye.yo

B 그거는 계란말이입니다.
可狗能 K蘭馬里影你打
geu.geo.neun/gye.ran.ma.ri.im.ni.da

A 계란말이는 정말 맛있어요.
K蘭馬里能 寵馬兒 馬西搜呦
gye.ran.ma.ri.neun/jeong.mal/ma.si.sseo.yo

B 고맙습니다. 많이 드세요.
口罵森你打 馬你 特誰呦
go.map.sseum.ni.da//ma.ni/deu.se.yo

中譯 1

A：這裡有什麼好吃的？
B：冷麵很好吃。
B：我們有拌冷麵和水冷麵。
A：拌冷麵會辣嗎？
B：是的，會辣。
A：那麼，請給我水冷麵。
B：好的。
A：這道小菜是什麼？
B：那個是煎蛋捲。
A：煎蛋捲真的好好吃。
B：謝謝，請多吃一點。

會話 2

Ⓐ 옷이 싸요?
歐西 沙呦
o.si/ssa.yo

Ⓑ 네, 싸요.
內 沙呦
ne//ssa.yo

中譯 2

A：衣服便宜嗎？
B：是的，很便宜。

會話 3

Ⓐ 여기에 초코우유가 있어요?
呦個衣A 臭扣五U嘎 衣搜呦
yeo.gi.e/cho.ko.u.yu.ga/i.sseo.yo

Ⓑ 네, 있어요.
內 衣搜呦
ne//i.sseo.yo

Ⓐ 많이 달아요?
馬你 他拉呦
ma.ni/da.ra.yo

Ⓑ 조금 달아요.
醜跟 他拉呦
jo.geum/da.ra.yo

中譯 3

A：這裡有巧克力牛奶嗎？

B：是的，有。

A：很甜嗎？

B：有點甜。

會話 4

🅐 은영 씨, 내일 시간이 있어요?
　恩庸 系 累衣兒 西乾你 衣搜呦
　eu.nyeong/ssi/nae.il/si.ga.ni/i.sseo.yo

🅑 네, 있어요.
　內 衣搜呦
　ne//i.sseo.yo

🅐 난 내일 등산 가요. 은영 씨도 가요?
　南 累衣兒 疼山 卡呦 恩庸 系豆 卡呦
　nan/nae.il/deung.san/ga.yo//eu.nyeong/ssi.do/
　ga.yo

🅑 네, 가요.
　內 卡呦
　ne//ga.yo

中譯 4

A：恩英小姐，妳明天有時間嗎？

B：是的，有。

A：我明天要去爬山，恩英小姐妳也去嗎？

B：是的，我要去。

284

閱讀短文

나는 쇼핑을 좋아해요.
나는 지금 백화점에 있어요.
백화점에 사람들이 많이 있어요.
나는 지금 옷을 사요.
여기에 옷하고 바지하고 치마하고 코트가 있
어요.
나는 이 치마가 마음에 들어요.
하지만 너무 작아요.
그 청바지도 예뻐요.
하지만 가격이 비싸요.
이 코트도 마음에 들어요. 가격도 적당해요.
언니, 이 코트 주세요. 얼마에요?

中譯 :

我喜歡購物。
我現在在百貨公司。
百貨公司有很多人。
我現在在買衣服。
這裡有衣服、褲子、裙子、大衣。
我喜歡這件裙子。
但是太小件了。
那件牛仔褲也很好看。
但是價格太貴了。
這件大衣我也很喜歡。
價格也很合理。
姊姊,請給我這件大衣。
多少錢呢?

Lesson

5 잠깐만 기다리세요.
請稍等。

句型 ❶

숙제하세요.
請寫作業。

句型説明

① 세요為「非格式體尊敬形－命令句」。
② 表示有禮貌地對他人提出請求或建議。
③ 接在動詞語幹後方,中文可以翻成「請您…」。
④ 語幹有尾音接「으세요」;語幹無尾音接「세요」。
⑤ 與副詞「좀」一同使用,表示更有禮貌的委婉請求。

生字

中文	韓文 & 拼音
看書	책을 읽다 賊歌 意打 / chae.geul.ik.tta
寫作業	숙제하다 速賊哈打 / suk.jje.ha.da
學習、讀書	공부하다 空不哈打 / gong.bu.ha.da

關門	문을 닫다 木呢 他打 / mu.neul.ttat.tta
買水果	과일을 사다 誇衣惹 沙打 / gwa.i.reul.ssa.da
給水	물을 주다 木惹 組打 / mu.reul.jju.da

句型練習

中文	韓文
請看書。	책을 읽으세요. 賊歌 意哥 誰呦 chae.geul/il.geu.se.yo
請寫作業。	숙제하세요. 速賊哈誰呦 suk.jje.ha.se.yo
請學習韓國語。	한국어를 공부하세요. 憨估狗惹 空不哈誰呦 han.gu.geo.reul/kkong.bu.ha.se.yo
請關門。	문을 닫으세요. 木呢 他的誰呦 mu.neul/tta.deu.se.yo
請買水果。	과일 좀 사세요. 誇衣兒 綜 沙誰呦 gwa.il/jom/sa.se.yo
請給我水。	물 좀 주세요. 木兒 綜 租誰呦 mul/jom/ju.se.yo

2 8 7

1 母音篇
2 子音篇
3 尾音
4 韓語基礎會話
5 韓語基本詞彙

句型 2

학교에 가요.

去學校。

句型說明

① 助詞「에」接在表示「場所」的名詞後方，表示前
　往該場所。
② 方向性動詞「가다」的意思是「去、前往」。
③ 가다接上「格式體尊敬形－ㅂ니다」為「갑니
　다」。
④ 가다接上「非格式體尊敬形－아요」為「가요」。

生字

中文	韓文 & 拼音
公司	회사 灰沙 / hoe.sa
學校	학교 哈個又 / hak.kkyo
郵局	우체국 烏賊固 / u.che.guk
哪裡	어디 喔低 / eo.di
書局	서점 搜總 / seo.jeom

去	가다 卡打 / ga.da

句型練習

中文	韓文
去公司。	회사에 갑니다. 灰沙耶 砍你打 hoe.sa.e/gam.ni.da
去學校。	학교에 가요. 哈個又耶 卡呦 hak.kkyo.e/ga.yo
你去郵局嗎？	우체국에 갑니까? 烏賊古給 砍你嘎 u.che.gu.ge/gam.ni.kka
是的，去郵局。	네, 우체국에 갑니다. 內 烏賊固給 砍你打 ne//u.che.gu.ge/gam.ni.da
你去哪裡呢？	어디에 가요? 喔低耶 卡呦 eo.di.e/ga.yo
我去書局。	서점에 가요. 搜總妹 卡呦 seo.jeo.me/ga.yo

2 8 9 ① 母音篇 ② 子音篇 ③ 尾音 ④ 韓語基礎會話 ⑤ 韓語基本詞彙

句型 3

우리 집에 와요?
你要來我們家嗎?

句型說明

① 助詞「에」接在表示「場所」的名詞後方,表示前
往該場所。
② 方向性動詞「오다」的意思是「來」。
③ 오다接上「格式體尊敬形－ㅂ니다」為「옵니
다」。
④ 오다接上「非格式體尊敬形－아요」為「와요」。

生字

中文	韓文 & 拼音
台灣	대만 貼慢 / dae.man
教室	교실 可又西兒 / gyo.sil
房間	방 旁 / bang
我們	우리 五里 / u.ri
家	집 擠不 / jip

派出所	파출소
	怕出嗽 / pa.chul.so

句型練習

中文	韓文
韓國朋友來台灣。	한국 친구가 대만에 와요. 憨固 親古嘎 貼慢內 哇呦 han.guk/chin.gu.ga/dae.ma.ne/wa.yo
學生來教室。	학생이 교실에 옵니다. 哈先衣 可又西累 翁你打 hak.ssaeng.i/gyo.si.re/om.ni.da
哥哥來我的房間。	오빠가 제 방에 와요. 歐爸嘎 賊 旁耶 哇呦 o.ppa.ga/je/bang.e/wa.yo
你要來我們家嗎？	우리 집에 와요? 五里 幾背 哇呦 u.ri/ji.be/wa.yo
請您來公司。	회사에 오세요. 灰沙耶 歐誰呦 hoe.sa.e/o.se.yo
請您去派出所。	파출소에 가세요. 怕出嗽耶 卡誰呦 pa.chul.so.e/ga.se.yo

句型 ④

학생이 교실에 있어요.
學生在教室。

句型説明

① 「있다」有兩個意思,「有」和「在」。
② 助詞「에」接在「場所名詞」後方,可以表示某人或某物存在的位置。
③ 있다接上「格式體尊敬形－습니다」為「있습니다」。
④ 있다接上「非格式體尊敬形－어요」為「있어요」。

生字

中文	韓文 & 拼音
牙膏	치약 七呀 / chi.yak
貓咪	고양이 羊衣 / go.yang.i
沙發	소파 嗽怕 / so.pa
信用卡	신용카드 心庸卡的 / si.nyong.ka.deu

| 餐館 | 식당 |
| | 系當 / sik.ttang |

| 牙膏 | 치약 |
| | 七呀 / chi.yak |

句型練習

中文	韓文
學生在教室。	학생이 교실에 있어요. 哈先衣 可又西累 衣搜呦 hak.ssaeng.i/gyo.si.re/i.sseo.yo
牙膏在廁所。	치약이 화장실에 있어요. 七呀個衣 花髒西累 衣搜呦 chi.ya.gi/hwa.jang.si.re/i.sseo.yo
貓咪在沙發上。	고양이가 소파에 있어요. 口央衣嘎 嗽怕耶 衣搜呦 go.yang.i.ga/so.pa.e/i.sseo.yo
信用卡在皮夾。	신용카드가 지갑에 있어요. 心庸卡的嘎 七嘎背 衣搜呦 si.nyong.ka.deu.ga/ji.ga.be/i. sseo.yo
朋友在哪裡呢？	친구가 어디에 있어요? 親古嘎 喔低耶 衣搜呦 chin.gu.ga/eo.di.e/i.sseo.yo
書桌和椅子在哪裡？	책상하고 의자가 어디에 있어요? 賊商哈夠 衣渣嘎 喔低耶 衣搜呦 chaek.ssang.ha.go/ui.ja.ga/eo.di.e / i . sseo.yo

2
9
3
1 母音篇
2 子音篇
3 尾音
4 韓語基礎會話
5 韓語基本詞彙

句型 ⑤

누나가 방에 없어요.

姊姊不在房間。

句型說明

① 「없다」有兩個意思,「沒有」和「不在」。
② 助詞「에」接在「場所名詞」後方,可以表示某人或某物存在的位置。
③ 없다接上「格式體尊敬形-습니다」為「없습니다」。
④ 없다接上「非格式體尊敬形-어요」為「없어요」。

生字

中文	韓文 & 拼音
手機	핸드폰 黑的朋 / haen.deu.pon
鉛筆盒	필통 匹兒筒 / pil.tong
筆記本	노트 NO 特 / no.teu
上面、上方	위 烏衣 / wi

蘋果	사과
	沙寡 / sa.gwa
冰箱	냉장고
	累髒夠 / naeng.jang.go

句型練習

中文	韓文
手機不在包包。	핸드폰이 가방에 없어요.
	黑的朋你 卡幫耶 喔不蔲呦
	haen.deu.po.ni/ga.bang.e/eop.
	sseo.yo
鉛筆不在鉛筆盒。	연필이 필통에 없습니다.
	庸匹里 匹兒筒耶 喔不森你打
	yeon.pi.ri/pil.tong.e/eop.sseum.
	ni.da
筆記本不在書桌上。	노트가 책상에 없어요.
	NO 特嘎 賊商耶 喔不蔲呦
	no.teu.ga/chaek.ssang.e/eop.sseo.yo
姊姊不在房間。	누나가 방에 없어요.
	努那嘎 旁耶 喔不搜呦
	nu.na.ga/bang.e/eop.sseo.yo
弟弟在家嗎？	동생이 집에 있어요?
	同先衣 基貝 衣搜呦
	dong.saeng.i/ji.be/i.sseo.yo
蘋果不在冰箱嗎？	사과가 냉장고에 없어요?
	沙瓜嘎 累髒夠耶 喔不搜呦
	sa.gwa.ga/naeng.jang.go.e/eop.
	sseo.yo

句型 6

부장님이 어디에 계세요?
部長在哪裡呢?

句型説明

① 「계시다」是「있다(在)」的敬語。
② 如果主詞是需要尊敬的對象,있다必須改成敬語
「계시다(在)」。
③ 계시다接上「格式體尊敬形-ㅂ니다」為「계십니
다」。
④ 계시다接上「非格式體尊敬形」為「계세요」。
⑤ 如果要表示「不在」,則使用「안 계시다」。

生字

中文	韓文 & 拼音
社長	사장님 沙髒濘 / sa.jang.nim
客廳	거실 口西兒 / geo.sil
爺爺	할아버지 哈拉撥幾 / ha.ra.beo.ji
廚房	부엌 鋪喔 / bu.eok

部長	부장님
	鋪髒濘 / bu.jang.nim

辦公室	사무실
	沙木西兒 / sa.mu.sil

句型練習

中文	韓文
老師在教室。	선생님이 교실에 계십니다. 松先你咪 可又西累 K 心你打 seon.saeng.ni.mi/gyo.si.re/gye.sim.ni.da
社長在公司。	사장님이 회사에 계세요. 沙髒你咪 輝沙耶 K 誰呦 sa.jang.ni.mi/hoe.sa.e/gye.se.yo
爺爺在客廳。	할아버지가 거실에 계세요. 哈拉撥基嘎 口西累 K 誰呦 ha.ra.beo.ji.ga/geo.si.re/gye.se.yo
媽媽在廚房。	어머니가 부엌에 계세요. 喔撲你嘎 鋪喔 K K 誰呦 eo.meo.ni.ga/bu.eo.ke/gye.se.yo
爸爸不在家。	아버지가 집에 안 계세요. 阿撥幾嘎 基貝 安 K 誰呦 a.beo.ji.ga/ji.bu/an/gye.se.yo
部長在哪裡？	부장님이 어디에 계세요? 撲髒你咪 喔低耶 K 誰呦 bu.jang.ni.mi/eo.di.e/gye.se.yo

句型 ⑦

> 방에서 자요.
>
> **在房間睡覺。**

句型說明

① 助詞「에서」接在表示「場所」的名詞後方。

② 表示某人在某處進行某一動作行為。

③ 에서後方必須與動詞一起使用。

生字

中文	韓文 & 拼音
韓國語	한국어 憨估狗 / han.gu.geo
睡覺	자다 差打 / ja.da
籃球場	농구장 農估髒 / nong.gu.jang
籃球	농구 濃古 / nong.gu
浴室	욕실 又西兒 / yok.ssil
淋浴	샤워하다 蝦我哈打 / sya.wo.ha.da

句型練習

中文	韓文
在教室學習韓國語。	교실에서 한국어를 공부해요. 可又西累搜 憨估狗惹 恐不黑呦 gyo.si.re.seo/han.gu.geo.reul/ kkong.bu.hae.yo
在房間睡覺。	방에서 자요. 旁耶搜 差呦 bang.e.seo/ja.yo
在籃球場打籃球。	농구장에서 농구를 해요. 農估髒耶搜 濃古惹 黑呦 nong.gu.jang.e.seo/nong.gu.reul/ hae.yo
在廚房做菜。	부엌에서 요리를 해요. 鋪喔 K 搜 呦里惹 黑呦 bu.eo.ke.seo/yo.ri.reul/hae.yo
在客廳看電視。	거실에서 티브이를 봐요. 口西累搜 踢奔衣惹 怕呦 geo.si.re.seo/ti.beu.i.reul/ppwa. yo
在浴室淋浴。	욕실에서 샤워해요. 又西累搜 蝦我黑呦 yok.ssi.re.seo/sya.wo.hae.yo

❷ ❾ ❾

1 母音篇

2 子音篇

3 尾音

4 韓語基礎會話

5 韓語基本詞彙

句型 8

아침에 출근합니다.
早上上班。

句型説明

① 助詞「에」接在表示「時間」的名詞後方，表示動作發生的時間點。

② 「에」接在時間名詞後方，如일요일（星期天）、아침（早上）、주말（周末）、이번 주（這星期）、내년（明年）、다음 달（下個月）。

③ 特定幾個時間名詞後方不接「에」，如오늘（今天）、내일（明天）、어제（昨天）、모레（後天）、그저께（前天）、언제（什麼時候）。

生字

中文	韓文 & 拼音
上班、出勤	출근하다 粗跟哈打 / chul.geun.ha.da
中午、午餐	점심 寵心 / jeom.sim
見面	만나다 蠻那打 / man.na.da
晚上	밤 旁 / bam

| 連續劇 | 드라마 |
| | 特拉馬 / deu.ra.ma |

| 我們 | 저희 |
| (우리的謙語) | 醜西 / jeo.hi |

句型練習

中文	韓文
早上上班。	아침에 출근합니다.
	阿親妹 出跟憨你打
	a.chi.me/chul.geun.ham.ni.da
中午去超市。	점심에 마트에 가요.
	寵西妹 馬特耶 卡呦
	jeom.si.me/ma.teu.e/ga yo
星期天見女朋友。	일요일에 여자친구를 만나요.
	衣六衣košt 呦紫親估惹 蠻那呦
	i.ryo.i.re/yeo.ja.chin.gu.reul/man.na.yo
下個月去韓國。	다음 달에 한국에 가요.
	他嗯 打累 憨估給 卡呦
	da.eum/da.re/han.gu.ge/ga.yo
晚上看韓劇。	밤에 한국 드라마를 봐요.
	旁妹 憨古 特拉馬惹 怕呦
	ba.me/han.guk/deu.ra.ma.reul/ppwa.yo
請明天來我們家。	내일 저희 집에 오세요.
	內衣兒 醜西 幾杯 歐誰呦
	nae.il/jeo.hi/ji.be/o.se.yo

3
0
1

1 母音篇
2 子音篇
3 尾音
4 韓語基礎會話
5 韓語基本詞彙

句型 ❾

뭐 사고 싶어요?
你想買什麼？

句型說明

①「고 싶다」接在動詞語幹後方，表示主詞的希望、願望。
② 如果主詞是第二人稱「你」，則使用疑問句。
③ 고 싶다接上「格式體尊敬形－습니다」為「고 싶습니다」。
④ 고 싶다接上「非格式體尊敬形－어요」為「고 싶어요」。

生字

中文	韓文 & 拼音
炸雞	치킨 七可銀 / chi.kin
吃	먹다 莫打 / meok.tta
交往	사귀다 沙貴打 / sa.gwi.da
電影	영화 庸花 / yeong.hwa

真的	정말 寵馬兒 / jeong.mal
皮鞋	구두 苦賭 / gu.du

句型練習

中文	韓文
我想吃炸雞。	치킨을 먹고 싶어요. 七可銀呢 莫夠 西波呦 chi.ki.neul/meok.kko/si.peo.yo
我想喝咖啡。	커피를 마시고 싶어요. 扣匹惹 馬西溝 西波呦 keo.pi.reul/ma.si.go/si.peo.yo
我想交女朋友。	여자친구를 사귀고 싶어요. 呦紮親古惹 沙貴夠 西波呦 yeo.ja.chin.gu.reul/ssa.gwi.go/si.peo.yo
真的很想看電影。	정말 영화를 보고 싶어요. 寵馬兒 庸花惹 波夠 西波呦 jeong.mal/yeong.hwa.reul/ppo.go/si.peo.yo
你想吃什麼？	뭐 먹고 싶습니까? 撲 幕夠 西青竹嘎 mwo/meok.kko/sip.sseum.ni.kka
你想買什麼？	뭐 사고 싶어요? 撲 沙夠 西波呦 mwo/sa.go/si.peo.yo

3
0
3

① 母音篇
② 子音篇
③ 尾音
④ 韓語基礎會話
⑤ 韓語基本詞彙

句型 ⑩

커피 한 잔
一杯咖啡

句型說明

① 韓語固有數字請參考 P.307
② 用韓語表達人或物的數量時，要使用「韓語固有數字」。
③ 固有數字하나 (1)、둘 (2)、셋 (3)、넷 (4)、스물 (20) 後方接量詞時，會變成한 (1)、두 (2)、세 (3)、네 (4)、스무 (20) 的型態。

生字

中文	韓文 & 拼音
杯	잔 禪 / jan
台	대 貼 / dae
個	개 K / gae
瓶	병 匹庸 / byeong
個人、名	명 謬 / myeong

| 歲 | 살 |
| | 沙兒 / sal |

3 0 5

句型練習

中文	韓文
請給我一杯咖啡。	커피 한 잔 주세요. 扣匹 憨 髒 租誰呦 keo.pi/han/jan/ju.se.yo
有兩台電腦。	컴퓨터 두 대 있어요. 波 U 投 禿 爹 衣 搜呦 keom.pyu.teo/du/dae/i.sseo.yo
我想吃三顆蘋果。	사과 세 개 먹고 싶어요. 沙瓜 誰 給 莫夠 西波呦 sa.gwa/se/gae/meok.kko/si.peo.yo
請買四瓶燒酒。	소주 네 병 사세요. 嗽租 內 波庸 沙誰呦 so.ju/ne/byeong/sa.se.yo
有五個人。	사람 다섯 명 있어요. 沙郎 他嗽 謬 衣搜呦 sa.ram/da.seot/myeong/i.sseo.yo
我二十歲。	저는 스무 살이에요. 醜能 思木 沙里耶呦 jeo.neun/seu.mu/sa.ri.e.yo

韓語基本詞彙

한국어 기본 어휘

詞彙 ❶

고유 숫자
固有數字

數字	韓文
1	하나 哈那／ha.na
2	둘 土兒／dul
3	셋 誰／set
4	넷 內／net
5	다섯 他嗽／da.seot
6	여섯 呦嗽／yeo.seot
7	일곱 衣兒夠／il.gop
8	여덟 呦豆兒／yeo.deol
9	아홉 阿厚／a.hop
1 0	열 呦兒／yeol

1 1	열하나 呦兒哈那／ yeol.ha.na
1 2	열둘 呦兒肚兒／ yeol.dul
1 3	열셋 呦兒誰／ yeol.set
2 0	스물 思木兒／ seu.mul
3 0	서른 搜冷／ seo.reun
4 0	마흔 馬狠／ ma.heun
5 0	쉰 需／ swin
6 0	예순 耶孫／ ye.sun
7 0	일흔 衣兒冷／ il.heun
8 0	여든 優等／ yeo.deun
9 0	아흔 阿狠／ a.heun
9 5	아흔다섯 阿亨搭搜／ a.heun.da.seot
9 9	아흔아홉 阿亨那厚／ a.heu.na.hop
1 0 0	백 配／ baek

詞彙 ②

요일
星期

中文	韓文
星期一	월요일 窩六衣兒／wo.ryo.il
星期二	화요일 花呦衣兒／hwa.yo.il
星期三	수요일 蘇呦衣兒／su.yo.il
星期四	목요일 莫個又衣兒／mo.gyo.il
星期五	금요일 可謬衣兒／geu.myo.il
星期六	토요일 透呦衣兒／to.yo.il
星期日	일요일 衣六衣兒／i.ryo.il
這星期	이번 주 衣崩租／i.beon.ju
上星期	지난 주 七男租／ji.nan.ju
下星期	다음 주 她恩組／da.eum.ju

① 母音篇
② 子音篇
③ 尾音
④ 韓語基礎會話
⑤ 韓語基本詞彙

詞彙 ③

한자 숫자
漢字數字

數字	韓文
1	일 衣兒／il
2	이 衣／i
3	삼 三／sam
4	사 沙／sa
5	오 歐／o
6	육 U／yuk
7	칠 七兒／chil
8	팔 怕兒／pal
9	구 苦／gu
10	십 系不／sip

100	백 配／baek
1000	천 蒽／cheon
10000	만 蠻／man

詞彙 ④

월

月

中文	韓文
1 月	일월 衣裸兒／i.rwol
2 月	이월 衣我兒／i.wol
3 月	삼월 三撲兒／sa.mwol
4 月	사월 紗我兒／sa.wol
5 月	오월 毆我兒／o.wol
6 月	유월 U 我兒／yu.wol
7 月	칠월 七裸兒／chi.rwol

8 月	팔월 怕裸兒／pa.rwol
9 月	구월 苦我兒／gu.wol
10 月	시월 西我兒／si.wol
11 月	십일월 西遍裸兒／si.bi.rwol
12 月	십이월 西遍我兒／si.bi.wol

詞彙 5

일
日

中文	韓文
1 日	일 일 衣里兒／il.il
2 日	이 일 衣衣兒／i.il
3 日	삼 일 三咪兒／sam.il
4 日	사 일 沙衣兒／sa.il
5 日	오 일 歐衣兒／o.il

6 日	육 일 U 個衣兒／ yuk.il	
7 日	칠 일 七裡兒／ chil.il	
8 日	팔 일 怕里兒／ pal.il	
9 日	구 일 苦衣兒／ gu.il	
10 日	십 일 西逼兒／ sip.il	
11 日	십일 일 西逼里兒／ si.bil.il	
12 日	십이 인 西逼 衣兒／ si.bi.il	
13 日	십삼 일 系三咪兒／ sip.ssam.il	
14 日	십사 일 系沙 衣兒／ sip.ssa.il	
15 日	십오 일 系撥衣兒／ si.bo.il	
16 日	십육 일 系 U 個衣兒／ si.byuk.il	
17 口	십칠 일 系七裡兒／ sip.chil.il	
18 日	십팔 일 系怕里兒／ sip.pal.il	
19 日	십구 일 系估衣兒／ sip.kku.il	

3 1 3

1 母音篇
2 子音篇
3 尾音
4 韓語基礎會話
5 韓語基本詞彙

20 日	이십 일 衣西逼兒／i.sip.il
21 日	이십일 일 衣西逼里兒／i.si.bil.il
22 日	이십이 일 衣系逼衣兒／i.si.bi.il
23 日	이십삼 일 衣系三咪兒／i.sip.ssam.il
24 日	이십사 일 衣系沙衣兒／i.sip.ssa.il
25 日	이십오 일 衣系撥衣兒／i.si.bo.il
26 日	이십육 일 衣心呢U個衣兒／i.si.byuk.il
27 日	이십칠 일 衣系七裡兒／i.sip.chil.il
28 日	이십팔 일 衣系怕里兒／i.sip.pal.il
29 日	이십구 일 衣系古衣兒／i.sip.kku.il
30 日	삼십 일 三系逼兒／sam.sip.il
31 日	삼십일 일 三系逼里兒／sam.si.bil.il

詞彙 ❻

몇 시
幾點

中文	韓文
一點	한 시 憨西／han.si
二點	두 시 禿西／du.si
三點	세 시 誰西／se.si
四點	네 시 內西／nc.si
五點	다섯 시 他搜西／da.seot.si
六點	여섯 시 呦搜西／yeo.seot.si
七點	일곱 시 衣兒夠西／il.gop.si
八點	여덟 시 呦豆兒西／yeo.deol.si
九點	아홉 시 阿厚西／a.hop.si
十點	열 시 呦兒西／yeol.si

十一點	열한 시 呦憨西 / yeol.han.si
十二點	열두 시 呦兒嘟西 / yeol.du.si

詞彙 7

멫 분

幾分

中文	韓文
一分	일 분 衣兒布恩 / il.bun
五分	오 분 歐布恩 / o.bun
十分	십 분 系布恩 / sip.bun
十五分	십오 분 西撥布恩 / si.bo.bun
二十分	이십 분 衣系布恩 / i.sip.bun
二十五分	이십오 분 衣西撥布恩 / i.si.bo.bun
三十分	삼십 분 三細布恩 / sam.sip.bun

菜韓文單字速查手冊

本書專為韓語初學者設計，不需任何基礎，用中文也能說韓語。

不管是你想知道的，還是你想立即拿來溝通的，都能快速查詢得到你要找的單字

方便攜帶、快速查詢、立即拓展你的韓語單字庫！

砍殺哈妮達！用單字學韓語會話

看韓劇總是聽得懂，自己卻說不出來嗎？

精選韓國人平常最常用的疑問詞、代名詞、副詞、慣用語，以及韓語初學者最棘手的動詞、形容詞變化。配合語彙說明、實用例句、生動的對話內容，方便讀者輕鬆記憶、立即應用，想讓你的韓語講的正確、說得道地，學韓語你就缺這一本！

韓流來襲：你最想學的那些韓劇臺詞

我想學學韓劇裡常出現的臺詞，為什麼補習班老師都沒有教？

那句台詞不知道聽過多少遍了，就是不知道怎麼用、怎麼寫？

你是愛上韓劇才想學韓語的嗎？

那你絕對需要這一本，韓劇名言大全！

永續圖書
線上購物網

www.foreverbooks.com.tw

◆ 加入會員即享活動及會員折扣。

◆ 每月均有優惠活動，期期不同。

◆ 新加入會員三天內訂購書籍不限本數金額，
即贈送精選書籍一本。（依網站標示為主）

專業圖書發行、書局經銷、圖書出版

永續圖書總代理：
五觀藝術出版社、培育文化、棋茵出版社、大拓文化、讀
品文化、雅典文化、知音人文化、手藝家出版社、瑷申文
化、智學堂文化、語言鳥文化

活動期內，永續圖書將保留變更或終止該活動之權利及最終決定權。

菜韓文韓語發音&語法入門

> 雅致風靡　典藏文化

親愛的顧客您好，感謝您購買這本書。即日起，填寫讀者回函卡寄回至本公司，我們每月將抽出一百名回函讀者，寄出精美禮物並享有生日當月購書優惠！想知道更多更即時的消息，歡迎加入"永續圖書粉絲團"您也可以選擇傳真、掃描或用本公司準備的免郵回函寄回，謝謝。

傳真電話：（02）8647-3660　　　　電子信箱：yungjiuh@ms45.hinet.net

姓名：	性別：	□男　□女

出生日期：　年　　月　　日　電話：

學歷：　　　　　　　　　職業：

E-mail：

地址：□□□

從何處購買此書：　　　　　　　　購買金額：　　　　元

購買本書動機：□封面 □書名□排版 □內容 □作者 □偶然衝動

你對本書的意見：
內容：□滿意□尚可□待改進　編輯：□滿意□尚可□待改進
封面：□滿意□尚可□待改進　定價：□滿意□尚可□待改進

其他建議：